오늘도
나는 너의
눈치를
살핀다

오늘도 나는 너의 눈치를 살핀다

김설 지음

우울증을 앓는 딸에게,
사랑으로 써 내려간 엄마의 일기

타래

딸에게

딸, 알고 있니? 나와 너의 이야기가 세상에 나온 지 3년 하고도 5개월이 지났어. 길다면 길고 짧다면 짧은 세월인데 어쩐지 엄마는 까마득히 오래된 과거의 일 같아. 아무래도 책이 나온 이후의 삶이 너나 나나 너무나 달라졌기 때문일 거야.

『오늘도 나는 너의 눈치를 살핀다』가 개정 증보판이 되어 다시 세상에 나올 준비를 하다 보니 지난 기억들이 그야말로 주마등처럼 스쳐 가네. 이왕 일이 이렇게 되었으니, 각자의 삶이 바빠져 그동안 하지 못한 말을 좀 하려고 해.

딸아. 엄마는 말이야. 예전에는 마음이 무한하다고

생각했었어. 얼마든지 누구에게 주어도 다시 생겨나는 거라고. 하물며 자식에게 주는 마음은 도깨비방망이를 두드리는 것 같다고 여겼었어. 마음 나와라! 뚝딱! 하면 보드랍고 따스한 마음이 새로 생기는 거라고 믿었지. 그런데 마음은 쓰는 거더라. 마음은 쓰면 없어지는 거더라고. 마음의 양에는 한계가 있다는 걸 나는 네가 우울증이 걸리고 난 후에야 알았단다. 내 마음은 지극히 적어서 너 한 사람에게 쓰기에도 턱없이 부족하더라. 사실 이 책은 나의 그 한계를 낱낱이 고백하려고 쓴 게 아니었을까 싶어. 그즈음 엄마는 깨닫기 시작했어. 나는 내 무게도 견디기 어려워 곧잘 무너지고 마는 존재라는 걸 말이야. 고통에 몸부림치다 고개를 들어보니 깊은 구덩이 속에 서 있더라고. 이제 어디로 가야 할지 스스로도 판단이 서지 않았었지. 바로 그때 자연스럽게 글을 쓰기 시작했고, 그걸 모아 엮은 게 이 책이란다. 내 본능으로 썼을 뿐인데 생각해 보면 이 일기가 일종의 고문과도 비슷한 면이 있어서 좀처럼 마음 편하게 글을 쓰지 못한 것 같아. 어떤 종류의 깨우침은 자신에게 가하는 형벌과 비슷하다는 걸 쓰면서 알았지.

딸아, 이제 와 고백한단다. 어리석게도 엄마는 엄마가 되기를 바라는지, 엄마가 되면 자신에게 어떤 결과가 올지를 생각해 보지 않은 상태에서 엄마가 되었어. 완전히 자유로운 결정이라고 말하기는 좀 어렵네. 하지만 그렇게 너를 만났고 너와 사랑에 빠졌단다. 그날들은 때로 어리석고, 때로는 무모하고, 다른 데는 일 분도 한눈팔 수 없는 송두리째의 시간이었지. 나와 너라는 두 존재는 서로를 향해 넘나들고 뒤섞이다가, 급기야 너의 무게에 내 사랑의 무게를 더해 함께 추락까지 했던 거야. 눈에 보이지 않는 작은 일들이 결국엔 조금씩 더 큰 일을 불러오고 모든 상황을 돌이킬 수 없게 만들었어. 우리는 내일 또 무슨 일이 언제 어떻게 일어날지 알 수 없어서 불안에 떠는데, 밖에서 보는 사람들은 이런 속사정을 전혀 알지 못할 테니까. 싱글맘인 엄마는 모든 일은 혼자 책임지고 감당해야 하는 게 내가 할 일의 전부라고 생각했었단다.

시간이 지나고 가장 후회되는 건 가까운 사람이든, 멀리 있는 사람이든, 모르는 사람이든, 아는 사람이든, 심지어 나를 향해서까지 원망을 쏟아냈다는 사실이야. 네가 웃을지 모르지만 심지어 이런 적도 있단다(네가

상처받은 짐승의 울음소리를 내며 울던 날이었어). 하나님은
어떻게 하면 인간이 곤경에 빠질까, 그 궁리만 한다고.
덫을 놓고 사람이 그곳에 빠져 허우적대면 박장대소를
하며 좋아하고 있을 거라고 하나님이고 부처님이고
다 필요 없다고 생각했단다. 참 심술 맞고 억지를 쓰는
엄마였지.

딸아. 솔직히 말하자면 자식은 절대적으로
부담스러운 거더라. 엄청나게 소중하지만 그래서
절대적으로 떠나고 싶기도 하고 막상 눈앞에서
사라진다고 생각하면 절대적으로 그리운 거더라.
그러나 절대적인 천륜에도 여지없이 감정은 개입된다는
사실을 나는 알았어야 했어. 부모란 자식에 대해
몰라도 되는 것까지 알게 되는 존재니까. 서로를
너무나 샅샅이 알기에 잔인해질 수도 있고, 가장 가까운
관계여서 오히려 알게 모르게 상처를 주게 되더라.
관계의 어려움은 늘 우리 삶에 따라다니게 마련이지만
따지고 보면 우리는 천륜이라는 관계의 묵직함으로
인해 도리어 쉽게 상처를 주고는 끊임없이 자책감에
시달리는 것 같아. 그래서일까? 엄마는 엄마가 된

걸 후회한 적이 있어. 하지만 후회의 대상이 네가 아니라는 점을 분명하게 말할게. 너를 낳고 기른 것 자체가 실수라고 깨달은 그때가 바로 엄마가 된 의미를 체감하는 순간이었다고 말하면 너는 또 놀라겠지. 그날 이후 엄마는 책임을 기꺼이 떠맡았지. 너의 행복을 위해 완전히 헌신하려고 했어. 그 시절에는 기세 좋은 엄마가 너무 많았거든. 그러나 되돌아보면 힘든 날보다 좋은 날이 훨씬 많았네.

딸아. 엄마는 딸이라는 단어가 참 좋다. 딸이라는 한 글자에서 느껴지는 그 경쾌한 발음, 그리고 딸이라는 말이 자아내는 수많은 감정은 또 어떻고. 엄마는 아들이 없어서 아들이라고 부를 일은 없지만 엄마 친구가 아들~~~이라고 말끝을 길게 늘이며 부르는 소리를 들었을 때도 좋았어. 아들에게는 유들유들하고 시크한 다정함이 느껴지는 것 같더라. 아, 자식이란 얼마나 오묘한 거니. 딸아. 너도 서른 살이 넘으면 가족을 만들기 위해 노력하게 될까? 어쩌면 너는 아직도 자신과는 전혀 상관없는 일이라고 생각할지 모르겠지만, 언젠가는 가족을 만들고 싶다는 소망이

너를 덮칠지도 몰라. 그날이 오면 엄마가 느꼈던
두려움은 느끼지 않기를. 어리석었던 엄마의 실수를
교훈 삼아 시행착오를 덜 겪었으면 좋겠어. 아니 오히려
엄마보다 훨씬 더 멋진 실수를 저지르고 훨씬 더
근사한 시행착오를 겪으면서 훨씬 더 큰 여자가 되기를
바란단다.

　딸아. 너는 네가 너무 좋아하는 그림 그리는 일을
하게 되었고, 나는 글을 쓰는 사람이 되었지. 좋아하는
일을 할 때 그렇듯 시간이 아주 빨리 지나간 느낌이네.
여기까지 무탈하게 왔다는 게 놀랍고 감사해. 엄마는
이제 운명이라는 게 내 소관이 아니라는 걸 알게 된 것
같아. 바람이 부는 방향에 따라 많은 것이 움직이고
펄럭이는 게 아닌가 싶어. 너의 우울증도 바람에
따라 나부끼며 만난 우연이었고 이 책이 여기까지
오게 된 것 또한 우연이지 않을까. 그렇게 생각하니까
우연이야말로 가장 큰 행운이네. 우연의 연속인
세상에서 너는 너대로 나는 나대로 가슴 뛰는 일을 하며
살아갈 수 있다는 것이 엄마는 너무나 기뻐.

딸아. 예전에 엄마는 삶이란 더하는 것인 줄 알았어. 그래서 무수히 많은 것을 놓지 않으려고 애를 썼거든. 그러다 마침내 인생에서 힘든 문제를 덜어내겠다고 결정했고 실행에 옮기고 나서 알게 됐어. 인생의 진짜 기쁨과 행복은 자질구레한 것을 덜어낼수록 찾아온다는 것을.

뭔가 근사한 말 한마디를 남기고 싶은데 생각나는 게 없네. 딸아. 앞으로 살아가는 데 있어서 최상의 길은 아니더라도, 되도록 견디기 쉽다고 생각하는 길을 선택했으면 좋겠어. 조금이라도 편안한 길을 선택하라고 말하는 것 외에 어떤 말을 해야 할지 엄마는 모르겠다.

사랑한다. 내 딸.

2024년 3월

엄마가

딸의 우울을
관찰 중입니다

어린 시절, 방학이 되면 달력에 적힌 개학 날짜에 빨간 색연필로 동그라미를 그렸습니다. 아침에 눈을 뜨면 개학 날까지 남아 있는 날짜를 세어 보고는 했지요. 여유를 부려도 좋을 날이 많이 남아 있으면 왜 그런지 안심이 되었습니다. 일기 역시 미룰 수 있을 만큼 미뤄서 썼던 기억이 납니다. 하지만 시간은 예상보다 빨리 흐르고 쓰지 않은 방학 일기가 쌓일수록 마음속에는 불안과 초조함도 함께 쌓였습니다. 게으른 시간이 길었던 만큼 희미해진 기억을 되살려 일기장을 채워야 하는 일은 힘이 들었습니다.

그것은 기꺼이 고통과 절망의 한가운데로 들어가는 것이었습니다. 그리하여 마침내 슬픔을 통과해 이전의 나보다 조금이나마 더 나아진 사람이 될 수 있을 거라고, 자신을 다독이며 써야 했습니다. 그러던 중 딸의 통곡을 목격했습니다. 그것은 처절한 절망의 눈물이었습니다. 그만큼 무방비로 일그러진 얼굴을 하고 우는 딸아이를 본 기억이 거의 없었습니다. 통곡 소리를 들으며 가만히 생각했습니다.

이제 더는 미룰 수 없는 숙제를 해야 할 시간이라는 것과 부모는 평생 아이에게 강해질 수 없는 존재라는 것을 말입니다. 아이의 눈물은 폐허가 된 삶을 다시 쌓아 올릴 마지막 기회라는 경고와 같았습니다.

솔직히 지금도 우울증을 잘 알지 못합니다. 소크라테스와 아인슈타인에게 물어봐도 설명이 불가능한 우울을 무슨 수로 얘기할지 여전히 막막하지만, 온몸으로 우울을 말하던 딸아이를 생각해서라도 용기를 내봅니다. 그동안 딸아이는 줄곧 말했습니다. 우리에게는 희망을 품어도 좋을 날들이 여전히 남아 있고, 여유를 가지고 천천히 기다려 달라고요. 하지만 말귀가 어두운 엄마는 금방 알아차리지 못했습니다. 그러나 지금은 분명히 알 수 있습니다. 고통을 껴안고 살다 보면 새끼손톱만 한 희망이라도 발견하게 된다는 것을 말입니다.

딸에게 우울증이라는 귀한 선물을 받았습니다.
이제는 손에 든 선물 포장을 벗겨낼 때입니다. 아물지
않은 상처에 약을 바르고 우울한 시간을 아껴 살려고
합니다. 이제 처음 걸음마를 떼는 아기처럼 조심스럽게
한 발을 떼었습니다. 서두르지 않고 천천히 걸으며
살겠습니다.

지금은 단 하나의 걱정과 소망만을 생각합니다.
억지로 감정을 짜내는 글을 쓰지 말자는 것. 그것만은
경계하며 쓰겠습니다. 이 반성문이 우울한 당신에게
마데카솔이라는 처방전이 되지는 못해도 약국으로
이끄는 따뜻한 손길은 될 수 있기를요. 그렇다면 저는
더 바랄 게 없습니다.

목차

개정판을 내며   딸에게   4
프롤로그   딸의 우울을 관찰 중입니다   11

Chapter **1**

우리에게 이런 일이 일어나다니

관찰이라도 하는 수밖에 (독백)   19

감정조절 장애가 있는 엄마입니다   20

아무래도 속고 있는 것 같다   26

오늘도 엄마는 너의 눈치를 살핀다   28

행복이 뭔지도 모르면서   31

딸은 고양이처럼 잔다   34

이틀에 한 번은 터진다   37

같이 울까?   41

자식은 부모의 거울이라던데…   45

딸의 우울증이 전부 내 잘못인가요?   49

우울을 얘기하는 슬픔   55

박탈당한 자격   61

고문   68

Chapter **2**

다 엄마 잘못이야

편의점에 앉아(독백)   71

과거를 지우는 지우개가 있다면   72

엄마, 나 키우기 싫어?   78

고비를 넘겨야 하는 순간   83

후회의 온도   85

수신 불가 하소연   87

뼈아픈 고백   90

좋은 엄마 코스프레   95

아이를 고통으로 몰아넣는 말   100

입조심   105

흙수저 엄마라서 미안해   108

자식이라는 존재   113

이상한 계획   116

연중무휴 터널 속   122

고독과 친구가 되었습니다   126

Chapter 3

이 병, 치료가 되는 걸까?

엄마, 업어줘(독백)   131

잃어버린 로드맵   132

눈물일까? 콧물일까?   136

때로는 이런 날도 있어야지   140

호르몬의 장난   145

우리도 있다, 고양이   149

또 다른 전쟁, 다이어트   155

평범한 일상을 바랍니다   160

부모의 분리불안   165

씻지 않는 아이   170

병원 대기실 풍경   174

약을 꼭 먹어야 할까요?   177

의사의 말말말   182

Chapter 4

우울증과의 동행

딸의 빈방(독백)   189

무엇이든 해야 한다   190

자유롭게 살기   194

인간답게 살고 싶다   197

노선 변경   200

책으로 치유받는 삶   204

사려니 숲길   209

가만히 있어도 괜찮아   215

젊어서 하는 고생은 독이다   220

가을 풍경의 미세한 변화   225

위로의 식탁   229

꿈을 꿉니다   233

버지니아 울프처럼 너만의 방으로   237

다시 시작하는 마음   241

시시콜콜 살자   246

에필로그   오늘도 되는대로 살아갑니다   252

더 전하고 싶은 이야기
엄마, 나 이제 약은 안 먹어도 돼   257
쉼터   260

Chapter 1

우리에게
이런 일이 일어나다니

관찰이라도 하는 수밖에

오늘의 기분 | 비

내 딸은 오늘도 가시 위에 누워 있다.

그런 아이를 관찰하기 시작한 지 1년이 지났다.

눈물은 멈췄고

침묵만 남아 있다.

아무 말 없이 아이의 옆에 가만히 눕는다.

이대로 영원히 잠들었으면 좋겠다.

감정조절 장애가 있는
엄마입니다

배 속에 거꾸로 있어야 할 아기가 열 달 내내 똑바로 서 있었다. 아무리 운동을 하고 산부인과에서 시키는 대로 온갖 노력을 다해봐도 출산 전 마지막 진찰까지 아기는 끝내 돌지 않았다. 결국 제왕절개 수술로 출산을 하게 됐다. 열 달 동안 입덧으로 고생이 심했다. 이 세상에 존재하는 모든 냄새가 역했다. 집이라는 공간이 역한 냄새의 진원지라는 것이 놀라웠다. 먹을 수 있는 건 냉동실에 얼려놓은 사각 얼음뿐이었다. 입덧으로 고생이 얼마나 심했던지 산모의 얼굴이 아니라 당장 죽어도 이상하지 않을 불치병 환자의 얼굴이 되었다.

아이만 낳으면 나무꾼에게 뺏겼던 옷을 되찾은

선녀처럼 당장 날아갈 것 같았다. 손꼽아 기다리던
수술은 예정일보다 열흘이나 앞당겨졌다.

새벽에 갑자기 배가 아팠는데 진통인지 확실하지
않았다. 아침 일찍 병원으로 향했고, 진찰 후 긴급하게
수술이 결정됐다. 잠시 눈을 감았다 떴는데 남편의
얼굴을 빼다 박은 새빨간 얼굴의 아기가 내 옆에서
울고 있었다. 출산은 진정 축복이자 기쁜 일인가. 나는
그냥 얼떨떨할 뿐이었다. 밤새 심란한 꿈을 꾸다가 겨우
잠에서 깬 것 같은 기분이 들었다.

몸에서 이상 신호가 발견된 건, 친정에서 몸조리를
끝내고 집으로 돌아와 본격적으로 밤중 수유를
시작하고부터였다. 낮과 밤이 바뀐 아이를 안고 이 방
저 방을 돌아다닌 지 한 달이 지났을 무렵 생전 처음
느껴보는 이상한 느낌을 받았다. 순식간에 온몸을
덮치는 뜨거운 열감이었다. 엄동설한의 외출인데
양말이 거추장스러울 정도로 참기 힘든 더위를 느꼈다.
아이에게 젖병을 물리고 있으면 방바닥으로 땀이 뚝뚝
떨어졌다. 정신을 차릴 수 없이 기진맥진한 이유가
단순히 많은 땀을 흘리기 때문이라고 생각했고, 병원에
가볼 생각은 하지 않았다. 사실 병원보다 더 급한 건

잠이었다.

딸은 내가 몸 걱정을 할 여유를 주지 않겠다는 결심이라도 한 것처럼 한결같이 울고 보챘다. 아기가 울다 지쳐 잠이 든 틈을 타 쪽잠을 자려고 누우면 잊고 있던 가려움증이 스멀스멀 올라왔다. 피가 날 때까지 긁어대느라 도저히 잠을 이룰 수가 없었다. 눈에 띄게 살이 빠지고 손이 부들부들 떨려서 안고 있던 아이를 떨어뜨릴 지경이 되었을 때 병원에 찾아갔다.

갑상샘항진증. 생전 처음 들어보는 병명이었다. 의사는 대수롭지 않게 말했다. 약을 서너 달 정도 복용하면 금방 정상으로 돌아오는 가벼운 질환이라고 했다.

지금처럼 사시나무 떨듯 손을 떨지 않고 온몸을 긁어대지 않아도 된다는 말에 열심히 약을 먹었지만, 의사의 말처럼 금방 좋아지지는 않았다. 갑상샘항진증은 시간이 지나면서 포도알처럼 주렁주렁 연결된 갑상샘결절로 변했고, 끝내는 갑상샘암으로 진화하면서 오랜 시간 나를 위협했다. '잘 관리하면'의 함정이 이렇게 깊을 줄 그때는 미처 알지 못했다.

이십 년의 투병 생활은 성격에도 변화를 주었다. 애초에 온화한 성격으로 타고난 사람은 아니었다. 하지만 적어도 하루에 열두 번씩 기분이 좋다 나빴다 반복하는 변덕쟁이는 아니었는데, 가족들이나 가까운 지인들마저 질릴 정도로 기분이 오르락내리락했다. 신경질은 당사자인 나만 모른 채 질기고 꾸준히 이어졌다.

하루에 한 번이라도 소리 내어 울지 않으면 안 되는 짜증과 화. 나는 매일 아기와 함께 우는 엄마였다. 정신병적 증세의 피해는 태어난 지 1년도 안 된 아무것도 모르는 내 아기에게 고스란히 전달됐다. 갑상샘항진증과 산후우울증이 함께 찾아왔지만, 당시에 마음의 병까지는 알아차리지 못했다. 그때 누군가의 도움을 받아서라도 우선 몸과 마음을 정상으로 돌려놨어야 했다. 무지한 부모 때문에 아기는 열악한 양육 환경에 놓였다. 아빠는 아무것도 모르는 철부지였고, 엄마는 미친 듯이 신경질만 내는 사람이었다.

원인 없는 결과는 없다는 말은 진리였다. 하루에 몇 번씩 딸아이의 우울증 원인을 찾아내려고 애쓰다 보면,

마음이 내키는 대로 울고불고 짜증을 내던 이십삼 년 전 그때의 지옥과도 같던 날들이 자연스럽게 떠오른다.

몸과 마음이 아픈 엄마 때문에 아무 잘못 없는 딸까지 병이 들었다. 딸아이는 언제 시작됐는지도 모르는 우울증을 키우며 병과 함께 자랐다. 나는 나 자신을 소홀하게 대했을 뿐만 아니라, 아이의 감정 변화에도 무딘 엄마였다. 크고 작은 어려움을 헤쳐 나가면서도 이만하면 잘 키운 거라고 자신을 칭찬하며 다독였다. 상처가 덧나고 고름이 밖으로 나와 병의 실체가 완전히 드러나고 나서야 비로소 알게 된 나의 무지를 원망하고, 뒤늦은 후회를 하며 자책한다. 더 늦기 전에 밑도 끝도 없는 자만과 독선을 내 마음에서 빼내야 한다.

차근차근 마음속 묵은 감정을 꺼내 먼지를 털어내야 한다. 영원히 버려야 할 것과, 달래고 위로해서 보듬고 가야 할 감정들을 분류하기로 했다. 우울증으로 괴로워하는 딸아이를 위해서 무엇이든 해야 한다. 아이와 함께 좌절하고 우울해할 시간이 없다. 내 안의 아픔을 의욕적으로 뒤적거리기 시작했다. 막상 뒤집고

엎어보니까 예상보다 더 끔찍했다. 남편이라는 넘기 힘든 복병을 만났다. 남편을 향한 원망과 미움이 그에게 여과 없이 전달됐다. 남편은 이번에도 지지 않겠다는 듯 독하게 응수했다. 매일같이 으르렁대고 독설이 오갔다. 서로를 향한 증오심이 집안을 가득 채웠다. 비난, 원망, 미움의 감정은 전염력이 강했다. 가장 가깝고, 가장 사랑하는 아이에게 우울과 고통으로 변이되어 옮겨졌다.

딸아이를 덮친 우울은 딸아이의 문제가 아니라 명백히 내 문제였다. 산 넘어 산이다.

아무래도
속고 있는 것 같다

오늘의 기분 | 흐림 ☁️

아무리 약 기운이라 하더라도 어떤 날은 맑다.
그것도 해맑다.

불과 하루가 지났을 뿐이다.

태풍 같던 우울함이 왔다 간 지 불과 24시간이
지나지 않았는데 또다시 흐려졌다. 난데없이 비까지
내린다.

이래서 나는 어쩔 줄 모르고 수시로 어리둥절하다.

번번이 반전되는 아이의 기분에 따라서 내 마음도
덩달아 롤러코스터를 탄다.

딸은 울고 있는데 나 혼자 맑은 얼굴을 할 수도 없고,
웃는 딸을 보고 나 혼자 뚱한 얼굴을 할 수 없다.

며칠 전에 담당 의사가 말했다.

조언이랍시고 하는 말, 위로한답시고 떠드는 말은 다 접어두라고. 답답한 마음이 들면 차라리 아이가 볼 수 없는 곳으로 나가라고 했다.

엄마들 대부분은 아이의 우울증을 믿지 않는다. 심지어 꾀병이라고 생각하는 엄마도 더러 있다. 솔직히 나도 비슷한 생각을 하는 사람 중 한 사람이다.

그런 마음으로 아이에게 던지는 말은 비수가 될 수밖에 없다.

지금 아이에게는 어떤 말도 상처가 되는 상태다.

생각해 보면 참 무서운 병이다. 우울증은 앓는 당사자는 누구보다 외롭고 힘든데, 그걸 지켜보는 사람들은 환자에게서 자꾸 멀어지고 싶은 이상한 병이다.

오전 내내 조용히 아이를 살피다가 지칠 대로 지쳐서 밖으로 나간다.

이건 가까운 사람도 같이 아픈 전염병이다.

백신 같은 건 없는 무서운 의심병이다.

오늘도 엄마는
너의 눈치를 살핀다

오늘의 기분 | 흐림 ☁️

웬일인지 운동을 마친 딸이 개운한 얼굴로
들어오길래 기분이 조금 괜찮은 날인가 하고 안심을
했다. 이로써 1차 눈치 보기를 무사히 끝냈다. 오늘,
시작은 이만하면 좋은 편이다.

딸아이의 우울증은 나를 긍정적인 사람으로
바꿔주었다. 이렇게까지 별거 아닌 일에 감격하며
기뻐할 줄 아는 긍정적인 인간이 될지는 예상 못 한
일이었다.

고양이에게 시선을 돌린다. 움직임 없이 식빵 자세로
가만히 엎드려 있는 건 평소와는 전혀 다른 모습이다.

꼬리를 세우고 다가와 머리를 비비는 행동이 없다는 건 조금 이상한 일이다.

특히 식빵 자세는 심기가 불편하거나 몸이 아플 때 고양이가 주로 취하는 자세라서 재빨리 사료 그릇을 확인해 보았다.

그릇은 말끔하게 비워졌고, 집 안에 토한 흔적도 없는 걸 보니 그냥 잠에 취한 것 같다.

이걸로 2차 눈치 보기도 무사히 끝났다. 딸과 고양이는 똑같이 예민하고 나는 그 둘 때문에 요즘 괴롭다.

어색한 침묵과 고요를 깰 요량으로 할 말을 찾다가 딸에게 조심스럽게 말을 걸었다.

"오늘 고양이 컨디션이 별로인가 봐."

"나도 별로야."

아뿔싸, 내 짐작은 또 틀렸다.

젠장! 오늘은 내 기분도 우울로 치닫는다.

적막한 고요를 느끼며 눈을 뜬 오늘 아침, 갑자기

지난 1년이 되살아나서 이불을 뒤집어쓴 채 통곡하며 울고 싶은 걸 억지로 참았었다.

누군가의 기분을 살필 여유가 없지만, 오늘도 나는 딸의 얼굴을 살피고 눈치를 본다.

우리 정말 이대로 괜찮은 걸까?

아니 나, 이대로 괜찮은 걸까.

행복이 뭔지도
모르면서

늦은 오후, 통통 부은 얼굴로 딸이 제 방에서 나왔다.
밤새 울었구나 싶어 가슴이 찢어졌다.
나는 무명의 연극배우처럼 표정을 바꿔 웃으며
물었다.

"울었어?"

"아니, 생리를 시작했어."

생리 전에는 호르몬 변화도 요란한 편이라 우울함이
전보다 커진다.

어제도 온종일 방에만 틀어박혀 숨만 쉬고 있는 것
같았다.

나는 나대로 일상에 집중하자고 단단히 마음먹지만,
온몸의 세포가 아이가 있는 방향으로 열려 있는
느낌이다.

딸이 우울증을 진단받은 지 어느덧 1년이 흘렀다.
그동안 나는 자식을 사랑하다 못해 스토커가 되어버린
엄마 역할을 완벽하게 소화한 연극배우로 살았다.

연기력은 매일 일취월장하는 중이다. 남들 몰래
연속 상영 중인 일인극에서 나는 나의 연기에 감탄하는
중이다. 하지만 연극의 내용에 진실이 빠져 있다는 것을
유일한 관객인 딸은 이미 알고 있는 눈치다.

그동안 딸에게 행복해지라는 말을 너무 쉽게 했었다.

그게 아이에게 얼마나 어렵고 힘든 요구인지
몰랐었다.

삶에 균형이 잘 잡힌 인간이 느끼는 감정이
행복이라는 걸 까맣게 잊고 있었다.

나도 그런 사람이 아니면서 딸에게는

행복해지라고만 말했다.

미안해. 엄마가 미안해.

딸은
고양이처럼 잔다

　고양이는 24시간 중 20시간을 잠에 빠져 있다.
보통은 14시간 정도를 잔다고 알려졌지만, 깊은 잠을
자는 경우와 얕은 잠을 자는 경우를 합하면 20시간
정도를 자는 동물이다. 사람도 고양이도 잠을 자는
시간은 평화롭다. 누군가가 자는 모습을 바라보면
보는 사람도 평화를 느낀다. 하지만 언제부턴가 내게
그런 평화는 사치가 돼버렸다. 아이가 고양이처럼
평화롭게 잠이 들면 내가 할 수 있는 일이라고는 똥
마려운 강아지처럼 딸의 방을 들락날락하며 살펴보는
것뿐이다.

　별일 없이 자는 딸의 모습에 안심이 되는 것도 잠시,

자는 시간이 지나치게 길다 하는 생각이 머리를 스치는 순간 울화통이 치민다. 오늘처럼 햇살이 좋은 날에 밖에 나가서 산책이라도 하고 오면 얼마나 좋을까. 우울증 환자에게 햇볕을 쐬고 산책하는 것이 얼마나 중요한 일인지 잘 알면서 잠에만 빠져 있는 딸이 자꾸 야속하다.

치료를 시작한 지 1년이 넘어가지만, 일상의 변화는 아직 멀기만 하다. 아이는 진짜 우울증에서 벗어나고 싶은 걸까. 매번 의심이 고개를 든다. 조금이라도 나아지고 싶다면 저렇게 무기력하면 안 되는 것 아닌가. 아이의 생활에서 긍정적인 변화가 발견되지 않으면 습관처럼 아이와 담당 의사를 의심하게 된다.

자녀가 우울증을 앓고 있을 때, 부모로서 가장 경계해야 할 것은 의심이다. 우울감과 무기력은 한 세트라는 말을 귀에 못이 박히도록 들었지만, 한없이 늘어져 있는 딸을 보면 치료의 의지까지 의심스럽다. 설마 아이가 나에게 복수하는 심정으로 일부러 누워 있을까. 아니면 청춘의 힘든 시기를 건너가는 방법을 몰라서 현실에서 도피하려는 걸까.

사실은 나도 잘 안다. 그동안 수없이 들었던 의사의 말이 머릿속에서 사라지지 않고 둥둥 떠다니기 때문이다. 지금 딸아이의 무기력함은 게으름과는 완전히 다르고, 주변 사람들의 의심이 환자를 가장 힘들게 하는 요인이므로 절대 의심의 눈초리를 보이지 말라고 했다. 지금으로서는 전적으로 자녀를 믿어주고 격려해주는 것이 가장 중요하다고 말했었다. 아무것도 하지 않고 누워만 있는 자신을 가장 혐오하는 사람은 다름 아닌 환자 자신이라고 했다. 손가락 하나 움직이는 것도 본인의 의지대로 할 수 없는 상태라고 했다.

머리로는 백번이라도 이해한다. 그렇더라도 해도 너무한다. 이렇게까지 변화가 없다는 게 이상하다. 현재 나는 두 가지를 의심한다. 정말 우울증을 앓고 있는 건지, 그게 사실이라면 치료의 의지가 있기는 한 건지.

유기를 잃고 바싹 말라가는 꽃잎처럼, 아이의 청춘도 점점 말라가고 있다. 마르고 말라 아무도 모르게 부스러져 버릴까 봐 너무나 두렵다.

이틀에 한 번은
터진다

오늘의 기분 | 흐리다가 비 🌧️

　이틀에 한 번은 터진다. 아이는 눈물이 터지고
나는 속이 터진다. 급기야 나도 오늘은 폭발할 것
같은 기분이다. 딸은 자신도 제어할 수 없는 감정으로
치달을 때는 두려움 때문인지 아무 말이나 막 한다.
그렇게 걸러지지 않은 말을 들을 때면 내 마음도 무섭게
요동치지만, 아무렇지 않은 척 가만히 귀 기울여줘야
한다. 조언을 바라고 하는 말처럼 들리더라도 철저히
들어주는 역할만 해야 한다. 도움이 필요하다는
사인으로 해석하고 속없이 나불대다간 얼마 안 가 내가
미쳤었다는 걸 확인하게 된다.

　아이는 지금 한 시간째 눈물을 쥐어짜고 있다.

눈물을 들키고 싶지 않아서인지 작은 소리로
흐느끼는데 그 소리를 들으면 처음엔 마음이 찢어질 듯
고통스럽다. 한참을 듣다 보면 인내심의 한계가 와서
손이 부들부들 떨린다. 정신 좀 차리라고, 이제 그만
울라고 아이의 뒤통수를 몇 대 때리고 싶다.

"요즘 어떤 것에도 집중할 수가 없어."

솔직히 아이가 그런 말을 하면 그래서 어쩌자는
건지 나는 잘 모르겠다. 새삼스러운 이야기는 아니라서
최대한 담담하게 받아들였다.

"마음이 안 잡힐 때는 지금 자신의 마음이 잡히지 않는다는
걸 알아채고 그때마다 다잡아 보려고 최대한 노력을
해봐."
"그게 가능하다면 벌써 했겠지!"

아이의 대답은 언제나 그렇듯 날카로운 비수가 되어
돌아왔다.
말문이 막혀서 가만히 있다가 한참 만에 한마디를

덧붙였다(이쯤에서 포기하고 입을 다물었어야 하는 건데 후회막심이다).

"엄마는 마음이 정처 없이 떠도는 것 같을 땐 의식적으로 몸을 많이 움직이려고 노력해(바늘을 꺼내 조용히 입을 꿰매버렸어야 하는 건데)."

그때부터 아이는 말없이 울기 시작했다. 금방 그칠 눈물이 아니라는 걸 알고는 눈물의 원인을 찾으려고 노력한다. 분명히 내가 했던 어떤 말이 아이의 마음을 아프게 했을 텐데, 도무지 감을 잡을 수가 없다. 눈물이 멈추기를 기다리다가, 기다림에 지쳐서 참지 못하고 우는 이유를 물었다. 내가 자신을 환자 취급했다고 한다. 참 난데없는 말이다. 어떤 타이밍일까. 아이를 위로하려고 노력했을 뿐인데 아이는 내 말에 상처를 받은 것이다.

억울했다. 잘잘못을 따지고 싶어서 안달이 났지만, 성격대로 하다가는 산불이 번지듯 일이 커질 것 같아 일단 참았다. 이래서 담당 의사가 되도록 아무 말도 하지 말라고 한 거였구나.

아이에게 지금 필요한 건 조언이 아니라 하소연을
들어줄 대상이다. 그 뻔한 사실을 잊고 이러쿵저러쿵
도움도 안 되는 말을 한 거다. 할 수만 있다면 시간을
재빨리 몇 분 전으로 되돌리고 최대한 평온한 표정을
지으며 아무 말 없이 최선을 다해 아이의 말을 들어주고
싶다.

현재 우리 모녀 관계는 완전히 어긋나서 더는
돌아가지 않는 톱니바퀴 같다. 억지로 돌리면 이가
빠져버려 영영 사용할 수 없는 톱니바퀴가 된다. 차라리
기계처럼 새 부속으로 갈아 끼운다면 얼마나 속이
시원할까.

요즘 들어, 내 마음의 한계를 자주 발견한다.
나야말로 모든 걸 다 포기하고 아무도 없는 곳에 숨어서
지내고 싶다. 사람도 싫고, 식욕도 없고, 불면증에
시달리고 있다. 아이보다 더 자주 울고 더 많이 아프다.
몸이 아픈 환자를 돌보는 사람들이 녹초가 되듯 마음이
아픈 환자의 비위를 맞추는 일도 고되다.

자식이 다 무슨 소용인가. 내가 이렇게 불행해서
미칠 지경인데.

같이 울까?

오늘의 기분 | 흐림 ☁️

　　정신건강의학과에서 처방해주는 약을 먹으면
눈에 띄게 잠이 많아진다. 보통은 우울감에 시달리는
환자들에게 안정제와 수면제를 처방해주기 때문에 수면
시간이 길어지기도 하지만, 자는 시간에 느끼는 행복과
편안함이 그들에게는 조금 특별한 것 같다. 머릿속에
떠다니는 온갖 부정적인 생각들을 멈출 수 있는 가장
확실한 방법이기 때문일 것이다. 아이에게는 오로지
자는 시간만이 평화가 찾아오는 시간이다.

　　밥을 챙겨 먹고 운동을 하기 위해 헬스장에 가는
일도 사실상 지금의 의지로는 불가능해 보인다. 해야 할
일들을 놓쳐버리면 일상은 늘 암흑처럼 변한다. 그렇게

흘러가는 시간이 안타까워서 억지로 깨우고 다그치면
가만히 놔두라며 눈물로 호소한다. 매 순간 다그치고
싶은 마음과 싸우고, 결국 닦달하고 말았다는 후회가
맞물려 돌아간다.

오늘은 오랜만에 외출을 했다. 찬 바람이 불지만,
한낮의 햇살 아래 서면 정수리에 닿는 따뜻함이 나를
위로한다. 이유를 알 수 없는 눈물이 흘렀다. 어둠 속에
혼자 누워 있던 딸의 뒷모습을 떠올리며 몇 대의 버스를
그냥 보냈다. 이렇게 햇살이 좋은 날 아이는 아프다.
누군가를 만나서 이런저런 이야기를 나누면 내가
처해 있는 상황을 잠시나마 잊을 수 있을까. 내 마음은
언제나 갈등 중이다. 잠시나마 잊고 싶다는 간절한
마음이 들 때면 늘 아이에게 미안해진다. 죄책감이
느껴져서 약속을 취소하려고 휴대폰의 화면을 보며
앉아 있다.

솔직히 고백하자면 나도 딸아이만큼 우울하다.
정작 치료를 받아야 할 사람은 엄마라고 말할 때마다
반박하지 못한다. 우울은 서서히 나빠진 시력과 같다.
처음에는 불편함을 느끼지만, 세월이 흐르면 원래

시력이 나쁜 상태로 태어난 것처럼 자연스러워진다.
나에겐 우울함이 그렇다. 함께 산 지 오래되었기 때문에
그 존재를 잊고 있었다. 그런 나의 기질이 고스란히
아이에게 갔다는 생각에 괴롭다.

마음이 힘들 때마다 인스타그램에 짧은 글을 남긴다.
일상의 순간순간을 사진으로 남기는 인스타그램의
특성상 우울한 마음을 완벽하게 숨기기는 어렵다.
즐거운 척, 행복한 척하는 건 무엇보다 자신을 속이는
일이라는 생각이 들어서 솔직하게 기록하고 싶었다.
사람들의 격려도 받았지만, 가까운 지인들의 질타가
쏟아졌다. 오늘처럼 카페에서 차를 마시는 사진을
올리면 아이가 우울증으로 힘들어한다면서 노닥거릴
시간이 있는지, 내 정신 상태가 의심스럽다고 했다.

그럼 어떡할까?

온종일 아무것도 하지 않고 둘이 부둥켜안고 울기만
해야 하나? 그렇게 해서 낫는 병이라면 24시간 동안
대성통곡을 할 자신이 있다. 아이의 인생에 우울증이
끼어들 거라고 생각한 적은 단 한 번도 없다. 삶에

예기치 않은 일이 찾아올 때마다 바다에 떠 있는
부표처럼 휩쓸리고 매달리며 아우성쳐야 하는 건
아니다. 내가 할 수 있는 유일한 일은 평소대로 사는
모습을 보여주는 일이다. 내가 남들보다 의연해서도
아니고 할 수 있는 일이 이것밖에 없기 때문이다. 일찍
도착한 카페에서 다정하게 웃고 있는 젊은 커플을
바라본다. 누워 있을 딸이 겹쳐 보이다가 금세 눈앞이
흐려진다. 요즘은 매일 이런 식이다.

자식은 부모의
거울이라던데…

인간의 근본을 바꿔보겠다는 욕심은 허망하고
위험하다. 애초에 시도해볼 필요조차 없는 일이며,
가능한 일이 아니기에 기를 쓰고 고생을 자처하는 바와
같다. 평생 자기 자신을 바꾸는 데 실패한 한 인간이
자기 자식을 소유물인 양 착각해 하나부터 열까지
뜯어고치려고 열망을 불태운다. 나처럼 이런 열망을
가진 사람은 자신을 속이는 최면에 누구보다 빠지기
쉽다.

이를테면 자신을 꽤 괜찮은 부모로 착각한다거나,
자신의 자녀가 사회적으로 대단히 성공할 인물이 될
거라는 믿음이 이상하리만큼 확고하다. 이런 사람들은

보통 남들에게 터무니없이 잘 속아 넘어가고, 어렵게 모은 돈을 쓸데없는 곳에 낭비한다. 사람들의 불안한 심리를 이용해 돈을 버는 보험회사나 입시학원 같은 곳의 어수룩한 먹잇감 1호가 되면서도, 자신이 똑똑한 선택을 했다고 착각하고 안심한다.

호구가 되지 않는 방법은 의외로 간단하다. 한 시간만, 아니 삼십 분만 앉아서 돌아가는 상황을 관찰해보면 된다. 자신이 저지르려는 일이 얼마나 상식에 가까운 일인지 파악해보면 금방 깨달을 수 있다. 하지만 어지간해서는 차분하게 앉아서 생각이라는 것을 하지 않는다. 자신을 몰아붙이지 않거나, 아이를 닦달하지 않으면 아무것도 이루어낼 수 없다는 착각에 빠져 있다. 지금이 내가 잡을 수 있는 마지막 기회의 순간인 것만 같다. 마치 한정판으로 나온 상품의 수량이 얼마 남지 않았다는 쇼핑호스트의 말에 서둘러 주문 버튼을 누르는 것처럼 모든 것이 절실해진다.

몇 발자국 앞에 먼저 달려가는 사람들이 보인다. 그들도 절박하기는 매한가지고 그다지 뛰어난 실력을 갖춘 경쟁자가 아닌데도, 그들의 꽁무니를 영영 따라잡을 수 없을 것 같다. 그러면 잠을 자면서도 뛰는 기분을 느낄 수 있다. 사람의 심장 박동이 빨라지는 시점과 욕망의 시작이 정확히 일치한다는 누군가의 말처럼, 욕망에 들떠 심장은 무서운 기세로 펌프질을 해댄다.

자식은 부모의 거울이라는 말은 누가 처음 만들었을까.

이 말은 진리지만 위험한 말이다. 무심코 바라본 거울 속에서 허황된 욕심을 꿈꾸다가 숱한 좌절을 겪고 끝내는 심신이 허약해진 부모의 얼굴을 그대로 닮은 아이를 만난다면 그것만큼 큰 형벌이 어디 있을까. 자신과 자녀를 동일시하고 마음대로 조종하는 부모에게서 양육된 자녀는 마음속에 지옥을 건설하며 살아간다. 얼마나 불행한 일인가.

자식을 다루는 나의 방식은 미개했다. 낮은 자존감과 열등감으로 병들어버린 내 영혼을 여과 없이 보여주고 아이의 영혼에 그대로 스며들게 했다. 젊을 때는 내 인생을 꾸며대다가 엄마가 된 뒤에는 자식의 인생을 꾸며대기 바빴다. 이제는 비탄에 빠져 있을 시간이 없다. 나의 행복을 자식에게 의지해서는 안 된다.
아이가 내 인생의 족쇄가 되어서도 안 된다. 과거의
트라우마를 현재까지 끌어와 자신을 괴롭히는 일은
단호하게 끊어내자. 우리 두 사람의 얼굴에 드리워진
고뇌의 자국은 곧 사라질 거라고 믿고 싶다.

오늘도 어김없이 일기는 자기 최면으로 끝났다.

딸의 우울증이
전부 내 잘못인가요?

오늘의 기분 | 흐림 ☁

오늘도 어김없이 아이의 감정이 터졌다. 고인 물을 겨우 지탱하던 둑이 또다시 무너졌고, 그 틈으로 슬픔의 감정들이 눈물과 함께 쏟아졌다. 얼마 전까지는 아이의 눈물을 지켜볼래? 아니면 죽을래? 둘 중 하나만 선택하라고 한다면 차라리 죽음을 택하겠다고 말할 만큼 우는 모습을 지켜보는 고통이 컸다. 요즘은 그렇게라도 터져 나오는 감정의 찌꺼기들이 반갑고 감사하고 기쁘다. 딸아이가 지금까지 병을 키운 건 내성적인 성격도 한몫했다고 생각한다. 딸은 정작 하고 싶은 말은 쌓아두고 좋은 감정이든 부정적인 감정이든 혼자서 끙끙 앓는 성격이다. 감정을 밖으로 드러내는 일은 상당한 용기가 필요해 보였다.

그랬던 아이가 서슴없이 신경질을 내고 때로는 막말도 하고 어린애처럼 발을 구르며 운다. 처음에는 당황스러웠지만, 지금은 우울증이 호전되는 과정에서 보이는 행동으로 받아들이고 옳고 그름을 따지거나 섣부르게 인생 선배 흉내는 내지 않는다. 가만히 지켜보거나 때로는 모른 척하고 필요에 따라서는 등을 두드리며 안아준다.

그럴 때 대부분 두 가지의 반응이 나타난다. 자신을 그냥 내버려 두라는 신경질적인 몸짓과, 만사가 귀찮고 지칠 대로 지쳤으니 마음대로 하라는 듯 힘을 뺀 몸짓. 오늘은 안아주려는 나를 있는 힘껏 거부했다. 아이의 몸짓은 항상 나에 대한 원망으로 가득했다. 아이의 힘에 저만치 밀려나 있다가 다시 다가갔는데 이번에는 "하지 마!" 하면서 더 힘껏 밀어냈다. 늘 그렇듯 무심히 한 말이 예민해진 아이의 마음에 응어리를 만든 모양이다. 어떤 말이었는지 아이가 말해주기 전에는 알아채기 쉽지 않다. 이 말 저 말 전부 끄집어내 다시 생각해 보지만, 이렇게 화낼 만한 말을 찾아내지 못했다.

우울증을 겪는 사람에게는 아무 말이나 편하게 할

수가 없다. 최대한 조심하는데도 어디서부터 어디까지 조심해야 할지 감을 잡기가 힘들다. 기분 좋아지라고 했던 말에는 웃어주지 않다가도, 행여 기분이 나쁜 말일까 봐 백 번쯤 생각한 다음 용기 내서 어렵게 말을 꺼내면 의외로 아무렇지도 않게 받아들인다. 도무지 알 수가 없다. 알 수가. 그래서인지 나는 요즘 상대의 눈치를 보거나 말을 꺼낼 때 자주 머뭇거리는 버릇이 생겼다.

눈물이 잦아들기를 기다리는 시간도 괴롭기는 마찬가지다. 다른 사람이 울면서 흐느끼는 소리를 들어본 적이 있는 사람은 알 것이다. 흐느낌, 울음을 참으면서 내는 가쁜 숨, 깊은 밤 어딘가에서 그런 소리가 들려오면 말로 설명할 수 없는 감정이 생긴다. 누군가의 슬픔이 손을 뻗어 나에게 달라붙을 것 같은 기분이 든다. 마음이 약하고 슬픔에 공감을 잘하는 편인 나는 덩달아 울고 싶은 심정이 된다. 제발 울지 말라고 말하고 싶다. 생판 모르는 사람이 울어도 마음이 조마조마하고 우는 이유를 알고 싶은 법인데, 하물며 자식이 하염없이 울고 있으면 지켜보는 부모의 마음은

오죽할까. 왜 우는지, 나를 밀어내는 이유가 무엇인지
모르는 상황이라면 그 기다림은 한없이 길게 느껴진다.

　이유가 무엇이든 아이가 지금 나를 원망하고 있다는
것은 명백한 사실이다. 그런 딸이 나도 마음속으로는
원망스럽다. 자식이 아픈 것은 모두 부모의 탓인가?
아니, 엄마의 잘못인가? 아빠는 그동안 뭘 하고
있었길래 이 고통의 방관자로 살고 있는가? 엄마라는
이름표를 달고 사는 건 나 또한 처음이다. 모든 것이
서툴고 힘에 부쳤다. 남들은 크게 애쓰지 않아도 저절로
쑥쑥 잘 크는 순한 자식을 낳아 길렀는지 몰라도, 나는
세상에서 둘째가라면 서러울 만큼 예민한 성격을
타고난 자식을 낳고 매일매일 혼쭐이 나는 심정으로
버텼다.

　내 양육 방법이 이렇게 큰 벌을 받을 만큼
엉망이었던 걸까. 그 점에 대해서 나는 도무지
수긍하기가 어렵다. 부모의 삶이 순조롭게 흐르지 못할
때 잠시 부모를 떠나서 할머니 손에 키워진 아이가 어디
한둘인가. 공부를 잘하는 아이에게 더 좋은 기회를
주기 위해 고군분투했던 것이 뭐가 그렇게 잘못인가.
우울증의 꼬투리를 찾아내다 보면 슬슬 부아가

치민다. 결국은 가정환경과 양육 방식에서 연결고리를 발견한다. 자연스럽게 내 잘못으로 결론이 나고 당분간은 벗어나기 힘든 죄책감을 짊어지게 된다.

  솔직하게 말해보자. 첫아이라서 욕심이 좀 많았다. 아이가 잘 따라와 주니까 속도를 조금 냈었다. 흙수저로 살아온 엄마는 아이의 손에 은수저를 쥐여주고 싶었다. 은수저를 만드는 과정에서 조금 무리수를 썼던 것이 이런 결과를 초래한 거라면 이건 너무 혹독하다.

  정신건강의학과 진료 대기실에서 순서를 기다리는 동안 만났던 청소년 대기자들의 숫자는 놀랄 만큼 많다. 자녀를 데리고 온 부모들로 인해 대기실은 늘 인산인해다. 진료를 기다리는 아이들의 얼굴은 아이들답게 해맑아 보인다. 오히려 그 옆에 앉아 있는 엄마의 얼굴은 당장이라도 생의 끈을 놓아버리고 싶은 참담한 얼굴이다. 그녀들은 끝없는 터널을 터벅터벅 걷는다. 그리고 한없이 처진 어깨에는 커다란 죄책감이 무겁게 매달려 있다.

  이 모든 것이 모두 개인의 잘못인지 나는 따져 묻고 싶다. 힘든 엄마들은 누구에게 위로받을 수 있을까.

아이의 정신과 진료비를 감당하느라 정작 자신의
우울은 방치하고 있는 엄마들도 수없이 많다. 다시 한번
묻고 싶다. 자식의 우울증이 전부 엄마의 잘못인가요?

우울을 얘기하는
슬픔

오늘의 기분 | 흐림 ☁

　나는 딸의 우울증을 숨기지 않기로 했다. 아니
숨기려야 숨길 수가 없다. 아이가 살려달라고 큰소리로
아우성을 치는데 어떻게 숨길 수가 있나. 불행 중
다행히도 딸은 전쟁 중인 자신의 마음을 어느 정도는
보여준다. 고통을 침묵으로 표현하는 사람들이 많은
걸 감안하면 희망이 아예 없는 건 아니다. 미치기
직전이라고, 계속 이렇게 살 수 없다고, 아이는 온
마음과 온몸으로 표현했다. 하지만 처음에는 '저러다
말겠지'라고 안이하게 생각했었다. 인생이 어떻게 매일
맑은 날만 있을까. 조금 참고 지내다 보면 아무 일도
없던 것처럼 살게 될 거라고 생각했다.

딸아이는 어릴 때부터 심성이 약했다. 어린이집에 다니기 시작하면서 아이의 얼굴에는 늘 꼬집힌 상처가 있었고, 또래들에게 맞고 울어서 퉁퉁 부은 눈으로 집에 돌아왔다. 또래들과는 싸우는 게 아니라 일방적으로 맞고 오는 아이라서 울화통이 터졌다. 차마 같이 때리라고 말할 수도 없어서 답답했다. 어떻게든 심약하고 내성적인 아이의 성격을 고쳐보겠다고 마음먹고는 강하게 키우는 방법을 택했다. 몸과 마음이 아프다고 울어도 아이가 흡족할 때까지 어루만져 주지 않았다. 아이가 눈물을 그치지 않으면 윽박지르고, 어리광이 심한 아이로 자라는 것을 극도로 경계했다. 하지만 억지로 눈물을 그친 아이를 보면 이내 마음이 약해져서 아이가 원하는 것을 보상으로 주곤 했다. 아이는 숙명처럼 애정 결핍과 과잉보호 사이에서 갈팡질팡하는 부모에게서 성장하게 된 것이다.

지금껏 줄곧 아이를 괴롭히고 있는 자신감 부재나 열등감의 시작점은 어린 시절 겪은 애정 결핍이나 부모로부터 위로받지 못했던 감정들의 발현이라고 생각한다. 그렇게 따져보면 우울은 정말 오래전부터 시작되고 있었다.

딸은 또래의 아이들보다 진로를 일찍 정한 편이다.
유독 그림에 빠져 있기도 했지만, 어릴 때부터 눈에
띄는 재능을 보여서 다른 진로를 생각했다가도 다시
유턴하는 식이었다. 남들보다 빠른 결정을 했다면
더 지체할 이유가 없었다. 다음 순서로 뛰어들어야
한다고 생각했고, 예술고등학교 합격을 목표로 아이를
몰아붙였다.

한 번에 합격하려면 성적은 지금 그대로 최상위권을
유지하고 실기 실력을 위해 매일 화실을 보내야 했다.
숨 쉴 틈 없는 계획표를 만들고 아이를 그 안에 가뒀다.
당시엔 사업 실패로 남편의 벌이가 없는 상태였기
때문에 집안 경제를 혼자 감당했던 때라, 나는 나대로
저녁이면 녹초가 됐다. 아이가 힘든 내색이라도 하면
엄마도 힘들다고 말하고는 아이의 입을 막아버렸다.
아이는 내가 원하는 대로 진학을 했지만, 기쁨보다는
겨우 한고비를 넘겼다는 생각만 들었다. 미술 대학에
진학하기 위해서는 잡은 고삐를 늦출 수가 없었다.
지난 3년보다 더 고통스러울 3년이 눈앞에 있다고
생각하면서 나는 점점 무서운 엄마가 되었다. 피도
눈물도 없는 사이보그 같은 엄마였다. 대학만 보내면

아이로부터 자유를 얻을 수 있다는 생각으로 이를
갈았다. 고삐를 잡은 손에서 피가 나는데도 그 손에
더욱 힘을 주었다.

아이도 나름대로 이를 악물었다. 대학만 가면
지긋지긋한 엄마의 속박에서 해방될 수 있다고,
지금까지와는 다른 희망찬 미래를 상상하면서 대학
캠퍼스의 환상을 조금씩 키우는 듯 보였다. 하지만
아이가 공들여 키웠을 환상은 대학에 들어가자마자
깨져버렸다. 사회와 대학의 부조리가 아이 눈에 보이기
시작했고, 교수들에게 실망하는 일이 여러 번 생겼다.
학교라는 곳에서 이해할 수 없는 상황들이 불거지고
더이상 대학은 꿈을 꾸고 이상을 실현할 곳이 아니라는
생각이 들었던 것 같다. 그때부터 가라앉아 있던
우울함이 본격적으로 떠오르기 시작했다. 하지만 그게
어떻다고? 대학이라는 곳이 원래 그런 곳이다. 네가
다니는 대학만 그런 건 아니다. 다른 애들은 아랑곳하지
않고 스무 살 언저리를 즐기고 있는데, 넌 왜 유독 이런
일에 예민한 거니? 그림이나 열심히 그려.

그 나이에는 누구라도 겪을 수 있는 일이라고

생각했다. 딸은 남들이 깊게 들여다보지 않거나 무시하고 넘기는 것들을 유심히 관찰한다. 나는 그런 눈을 가진 딸이 한편으로 대견하기도 했다. 무언가를 깨닫고 있다는 생각에 내심 뿌듯했다. 그 모든 과정이 성장의 밑거름이 될 거라고 낙관했다.

상상이나 할 수 있을까. 태어나서부터 스무 살이 될 때까지 부모와 자식 간에 주고받은 모든 것들이 차곡차곡 쌓여서 우울증으로 변하게 될지 누가 짐작이나 할까. 나는 자식을 지나치게 사랑했다. 아빠 또한 경제적으로는 아쉬운 부분이 많았지만, 아이를 누구보다 사랑했다. 우울증이라는 단어가 끼어들 이유가 없다고 생각했다. 이후로도 한참 동안 아이의 우울을 인정하지 않았다. 지금 생각해도 참 어리석었다.

이제 나는 사람들에게 아이가 우울증을 겪는 환자라고 솔직하게 말한다. 자랑도 아닌 걸 떠벌린다는 지인들의 만류에도 불구하고 아무렇지도 않게 말한다. 과거의 아픔을 도려내지 않으면 우울에서 벗어나는 길이 점점 멀어진다는 것을 잘 알기 때문이다. 마음의 상처에 약을 바르고 새살을 돋게 해주는 일을 더는 미룰 수가 없다. 아이가 침묵을 깬 이상, 나는 있는 힘껏 돕기로 마음먹었다. 그렇게 엄마로서 조금씩 성장하는 중이다.

'아이를 키운다는 건 기쁜 건 더 기쁘고 슬픈 건 더 슬퍼지는 일 같다'고 한 어느 작가의 말처럼, 기쁨도 힘껏 느끼고 슬픔도 온몸으로 받아들인다. 불행이 그림자를 피해 도망치는 일은 없을 것이다. 그러므로 나와 딸에게 닥친 고난에 대해 계속해서 생각하고 계속해서 말할 것이다.

박탈당한
자격

오늘의 기분 | 흐림 ☁️

"나, 탈색할 거야!"

"어? 어… 그래."

아이는 엄마로부터 압력이 없는 삶을 원한다며
내적 독립을 선언했다. 노랑머리로의 변신이라니, 한
번도 생각해 본 적 없는 일이다. 나는 딸의 난데없는
독립 선언이 새삼 기뻤다. 엄마의 의견을 묻는 방식이
아니라서 좋고, 이제는 겉모습에 조금씩 신경을 쓰게
되었다는 사실이 두 번째로 기쁘다. 두 가지 모두
우울증이 호전되는 증거라고 느껴졌기 때문이다.

"엄마, 오늘 친구 만나고 와도 돼?"

"나, 이거 먹어도 돼?"

"지금 자고 일어나면 안 될까?"

아이는 원래 사소한 것까지 내게 묻고는 했었다. 질문하는 아이도, 질문을 받는 나도 얼마나 불필요한 질문인지 모르고 살았다. 우울증 치료를 하면서 비로소 아이가 왜 그런 질문을 쏟아내는지 의문이 생겼고, 늦게나마 이유를 물었다. 아이는 허락받지 않고 독단적으로 행동하면 무섭게 혼이 났던 경험 때문이라고 했다. "사소한 것까지 물어보고 엄마의 허락을 받아야만 뒤탈이 없잖아" 하고 대답했다.

예전 같으면 '탈색하고 싶다', '하면 안 된다' 티격태격했을 테고, 언쟁이 길어지는 것이 싫어서 무조건 안 된다고 아이의 의지를 단번에 꺾었을 것이다. 딸은 '탈색할 거야'라는 말로 더는 엄마의 허락을 받지 않겠다는 의지를 분명하게 표현했다.

적극적으로 치료에 개입하면서부터 아이가 하는 말은 무조건 귀담아듣고, 원하는 것이 있으면 편하게 말할 수 있는 분위기를 만들었다. 웬만한 요구는 아이가 원하는 대로 따라준다.

"탈색해도 예쁠 것 같아. 젊은 시절에 한 번쯤은 해볼
만하지"라는 긍정적인 의견을 말하면서 탈색을 하고
싶은 이유를 넌지시 물었다. 마지못해 허락은 했지만,
사실은 반대하고 싶어서 하는 질문이라고 생각했는지
찬바람이 쌩하고 불며 퉁명스러운 답이 돌아왔다.

"왜가 어딨어?"
"단순히 머리카락 색을 바꿔서 기분 전환하려는데 이유가
 있어야만 해?"
"엄마는 멋내기 염색을 할 때마다 특별한 이유가 있었어?"

말문이 탁 막혔다. 그래 맞다. 머리카락의 색을
바꾸는 일이 뭐가 그렇게 대단한 일이라고 이유를
붙여가면서 해야 할까. 아이의 말이 백번 맞는 말이다.
어차피 머리카락은 계속 자라고 탈색으로 상하더라도
잘라내 버리면 그만인걸. 그게 뭐라고 이유를 묻고
허락을 받을까. 애초에 반대할 이유가 없는 일이었다.
가타부타 말이 길어지면 반대하고 싶어 한다는 인상을
심어줄까 봐 적극적으로 찬성한다는 뜻을 전했다.

아이는 기분이 풀린 것처럼 보였지만 당장 미용실을 예약하지는 않았다. 탈색을 선언했던 기세는 어디론가 사라진 것 같았다. 한참을 지켜보다가 실행에 옮기지 않는 이유가 궁금해져서 탈색은 안 하기로 결정했냐고 물었다. 처음에는 당장 탈색을 하고 싶었는데 며칠 만에 의욕이 사라져 버렸다는 대답이 돌아왔다. 사실 요즘 아이가 다른 때보다 무기력한 증상이 심해져서 내심 걱정을 하던 중이었는데, 역시나 다시 무기력에 빠진 것이다.

아이의 마음이 갈팡질팡하면 나는 나대로 아이를 따라서 갈팡질팡한다. 아이의 반응에 따라서 내 마음도 이랬다저랬다 바뀐다. 아이의 의견에 반대했다가 의욕이 사라진 것처럼 보이면 안절부절못하고 다시 처음으로 돌아가서 그전과는 다른 결론을 내린다. 그나마 존재하던 기준이 슬머시 사라지면서 이성은 작동을 멈추고, 감정만 겨우 살아남는다. 손바닥 뒤집듯 수시로 바뀌고 순식간에 벌어지는 일이라 아이뿐 아니라 일을 벌이는 나마저도 당황스럽다. 그런 엄마의 변화를 누구보다 잘 감지해내는 건 딸이다.

"어쩌자는 건지…."

　그럴 때마다 아이는 혼잣말을 한다. 그러게
나는 어쩌자는 걸까. 이렇게 변덕을 부리는 엄마를
받아들이기가 얼마나 힘들었을까. 또 얼마나
우스웠을까. 생각할수록 아이에게 미안했다.

　오늘도 원하지 않는 곳으로 흐르는 감정을
붙잡으려고 감정 일기를 쓴다. 감정의 변화를 놓치지
않으려는 노력의 방편이다. 쓰는 동안은 생각할 시간이
주어지기 때문에 자연스럽게 반성을 하게 된다. 마음
편히 의견을 나눌 수 없는 독단적인 엄마. 딱딱하고
엄하기만 한 엄마. 히틀러도 당신이 최고라며 엄지척을
남기고 갈 독재자 엄마. 무엇보다 자신이 문제가 많은
엄마라는 사실을 까마득히 몰랐던 무지의 엄마였다는
것이 가장 부끄러운 일이었다. 자식을 보호한다고
했던 모든 행동과 말은 아이에게 감옥이었다. 그 안에
가둬놓고 내가 원하는 방향으로 조종하고 그때그때
기분에 따라 가능한 것과 불가능한 것이 정해지는
식이었다. 어떤 날은 되는 일이 어떤 날은 안 되는 일로 바뀌기 일쑤였다. 그럴 때마다 아이는 어리둥절한 채 엄마의 기분을 맞추려고 안간힘을 쓴 것이다.

가뭄에 콩 나듯 어쩌다 허락된 자유는 아이가 원하는 크기에 턱없이 모자랐다. 허락된 자유 안에는 또 다른 구속과 규율이 숨어 있었다. 내 영역을 침범당하는 것은 누구보다 싫어하면서 아이에게는 자유 영역을 허락하지 않았다. 거절하고 싶어도 거절할 수 없었고, 싫어도 싫다는 말을 마음껏 할 수 없었던 아이는 아버지를 아버지라고 부르지 못한 홍길동과 같은 삶을 견디다가 태어난 지 20년 만에 결국 우울증이라는 난치병으로 자신의 존재를 확인시켰다.

세상의 모든 부모는 자식을 목숨처럼 여긴다. 특히 엄마와 자식의 관계는 영역 구분이 무의미할 정도로 엉켜 있고, 하나의 존재라고 해도 과언이 아닐 것이다. 아이는 내 소유였고 그래서 내 마음대로 키웠다. 엄마의 역할에 과도하게 몰입했고, 철저히 이기적이었다. 그게 모성이라고 착각했다.

며칠 전 심리 상담 센터에서 같은 문제로 이야기를 나눴다. 자녀가 자신의 소유물이라고 생각하는 부모는

예상보다 많다고 한다. 부모와 자녀가 사적인 영역을
인정하고 서로 존중하며 균형 잡힌 관계를 만들어
나가기는 정말 어려운 일이라고 한다. 늘 그 문제를
다루는 심리 상담사들도 그 부분에서 벗어날 수 없다고
했다. 다양한 사례를 만나고 연구하면서 반성을 하게
된다고 한다. 부모로서는 절대 쉬운 일이 아니니까
죄책감을 느끼지 말라는 조언도 빼놓지 않으셨다. 힘을
내라는 격려인 줄은 알지만, 많이 부끄러웠다.

　어떻게 이렇게나 무지한 상태로 아이를 양육했는지
알 수가 없다. 누구도 막지 못했던 불도저 같은 성격과
터무니없는 행동들에 스스로 정당성을 부여하면서
살았던 세월을 다 지워버리고 싶다. 어쨌든 지금은
아이에게 낙제 점수를 받고 엄마 자격을 박탈당했다.
그동안 까먹은 점수를 회복할 기회가 남아 있는지
마음이 조마조마하다.

고문

"눈이 왜 그렇게 부었어?"

"어제 자기 전에 울었어."

"왜?"

"그냥."

"이유도 없이?"

"응."

울었다는 사실을 별일 아니라는 듯 말해주는
것만으로도 감사해야 하나?

우는 데는 분명히 이유가 있을 것 같은데 이유는
말해주지 않는다.

두 번째로 바꾼 담당 의사를 찾아가 지금의 기분대로 뒤집어 버릴까?

대체 무슨 치료를 해준다는 건가?

"엄마. 설리 죽었대."

"왜?"

"우울증이었대."

딸의 말이 의미심장하게 들려서 가슴이 미친 듯이 떤다.

아이는 헬스장에 간다고 운동복으로 갈아입고 밖으로 나갔다. 아이가 나가서 무서운 선택을 하는 건 아닌지 겁이 난다. 땀을 흘리고 가벼운 마음으로 돌아와 주기를 간절히 기도한다.

가만히 앉아 있을 수가 없다.

이건 고문이다. 고문.

Chapter 2

다 엄마
잘못이야

편의점에 앉아

오늘의 기분 | 흐리고 비 🌧

편의점 테이블 의자에 앉은 지 삼십 분이 지났다.

위로를 찾아 헤매다가 여기까지 왔다.

허공을 떠다니던 마음은 붙잡고 매달려도 저만치 도망가고 없다.

길 위에서 힘겨운 일상을 붙들고 끝없이 묻고 싶다.

내가 받는 이 벌은 언제쯤 끝이 나는지.

자식 하나 어쩌지 못하는 부모가 되어 외로움에 눈물짓는다.

슬픔의 힘으로 오늘을 산다.

슬퍼하지 않으면 아이를 키울 수 없다는 사실을 지나온 슬픔으로 알았다.

그러므로 앞으로의 슬픔까지 긍정한다.

아이로 인해 품었던 슬픔이 남은 삶의 자양분이 될 것이다.

슬픈 자에게 복이 있나니.

과거를 지우는
지우개가 있다면

오늘의 기분 | 흐림 ☁️

마음에 평온이 깃들지 못해서 아침을 맞이하기가
힘들다. 지금 내가 가장 잘할 수 있는 일은 쓰러져 있는
것이다.

이대로는 안 된다는 생각에 매일 마음을 단련하고
강해지기를 다짐하지만, 그때마다 마음이 약하다는
사실을 확인할 뿐이다. 거짓과 진실을 혼동하고 이유
모를 어지럼증에 시달린다. 내가 찾고 싶은 진실은 점점
더 어두운 곳으로 가서 숨어버린다. 진실이라는 것은
애초에 존재하지도 않는 허구일지도 모른다는 생각에
이르렀다.

내가 살아온 삶이지만 끝없이 의심하고 있다. 오늘도 과거의 시간에서 서성거린다. 누군가에게 화를 내고 싶어서 안달이 난다. 만만한 상대를 빨리 찾지 못하면 가장 먼저 나에게 화를 낸다. 그래도 화가 가라앉지 않으면 남편에게 분풀이를 한다. 화를 낸다고 달라질 것이 아무것도 없다는 것을 알지만 화를 내는 방법 외에 다른 방법을 찾지 못했다. 모든 것이 당신 때문이다. 당신의 무능이 지긋지긋하다. 그 무능이 나를 밖으로 내몰았고 엄마의 손길이 필요한 시기에 아이를 방치하게 했다. 우리 두 사람의 인생을 이 지경으로 만든 건 당신이다.

원망과 비난에 도달하면 마음이 조금 풀리는 듯하다. 고통의 책임을 누군가에게 돌리지 않으면 당장 오늘을 견딜 수가 없다. 아무리 생각하고 또 생각해봐도 나는 잘못이 없다. 집으로 날아오는 공과금도 착실히 납부했고 사람들과의 관계도 그럭저럭 무난했다. 사적인 야심은 감히 품지 않았고 생존만을 위해 무던히도 노력했다.

삶의 환희는 영화나 책 속에서 일어나는 일이라고 생각하면서 무덤덤하게 살았다. 가끔은 삶에 회의를 느꼈지만, 누구나 그럴 거라고, 별일 아니라고 여겼다. 때때로 나를 자책했지만, 감상에 빠져 많은 시간을 낭비하지 않았다. 마음 편하게 아플 시간도 없었다. 남들도 다 그렇게 사는 줄 알았고, 그때는 삶을 의심하는 일도 사치라고 생각했다.

내가 소홀했던 건 나름 아닌 나였다. 나를 가장 많이 속인 사람 역시 나였다. 몸과 마음이 끊임없이 말을 걸었지만, 그때마다 번번이 무시해버렸다. 늦었지만 이제는 따져봐야 한다. 절망의 방구석에 누워 있는 나를 일으켜 세워야 한다.

나는 아이를 지나치게 사랑했다. 동시에 사랑을 절제했다. 과잉된 사랑 안에서의 절제는 그 자체로 고통이지만 기꺼이 감수했다. 사랑이라는 것이 원래 그렇다. 어떤 것에는 너무 예민하고 어떤 것에는 이상하게 둔해진다. 아이에게 품은 사랑은 지나치게 예민했다. 나는 그것을 감추려고 일부러 아이를 둔하게 대했다. 둔한 쪽으로 마음이 치우친다 싶으면 반대쪽에 힘을 실어 다시 균형을 잡았다. 얼핏 보기에는 균형을 잡는 것처럼 보이지만 반전에 반전을 거듭하는 조금은 이상한 사랑법이다. 엄마가 혼자만의 사랑법에 심취해 있는 동안 외로운 아이는 마음속에 비밀을 키워갔다.

테트리스 게임을 하듯 살았다. 한시도 긴장을 늦출 수 없는 게임이다. 새로 생성되는 블록의 모양을 예상하고 자리를 마련해야 한다. 착착 제자리를 찾아가면 쾌감은 말할 수 없이 크다. 평평하고 고르게 쌓아 올린 블록을 보면 어느 정도 안심하게 되지만 다음에 내려오는 블록의 모양을 예상하기 힘들어서 조마조마하다. 게임 경력이 쌓이면 점점 예상하기 쉬워지지만 언제나 복병은 나타난다. 딸이 어느 날 한 번도 본 적이 없는 모양의 블록을 불쑥 내밀었다. 이번 판은 이대로 패배를 인정하라는 듯. 그래, 이번 판은 망했다. 게임처럼 리플레이가 가능할까.

당장 할 수 있는 일이 아무것도 없다. 무엇보다 나를 믿을 수가 없어졌다. 내가 했던 말과 과거의 행동들이 망령처럼 달라붙어 나를 괴롭힌다. 과거는 나에게 힘든 시절이었지만 나도 모르게 손바닥만 한 행복을 꿈꾸었던 것 같다. 그렇지 않고서야 이토록 절망이 크지는 않을 것이다. 슬픔을 이기지 못해 엎드려 있다가 오래전부터 엎드려 있던 아이를 발견했다.

　나의 두 눈과 두 손으로 다 큰 아이를 어루만진다.
바라보고 바라본다. 안고 또 안는다. 꽁꽁 얼어붙은
아이의 마음에 내가 흘리는 뜨거운 눈물이 가서 닿기를
바라고 또 바랐다. 우리는 이미 한 번 죽었다. 그렇기
때문에 어떻게든 버티고 살아갈 수 있다. 과거는 시울
수 없지만 딛고 일어설 수는 있다.

엄마,
나 키우기 싫어?

돌이 막 지난 아이를 업고 나가면 즐거웠다. 아이는 사람들의 눈길을 사로잡았다. 까맣고 큰 눈동자에는 총명함이 담겨 있었다. 밖에 나가면 사람들은 가던 길을 멈추고 아이를 본다. 다들 예쁘다며 입에 침이 마르도록 칭찬을 했다. 그럴 때면 나도 모르게 어깨가 올라간다. 아이는 또래보다 일찍 말문이 트였다. 유아어보다는 어른들의 말을 따라 했다. 아기 특유의 혀 짧은 소리는 없었다. 우연히 아이의 말을 들은 사람들은 어린 아기가 말을 한다면서 소스라치게 놀랐다.

"엄마, 우유 줘."

"엄마, 바나나 싫어."

아이는 감정을 능숙하게 표현할 줄 알았다. 어느
날은 장난감 가게 앞을 지나가는데 떼를 쓰기 시작했다.
등에 업혀서 구경하고 싶은데 그냥 지나치는 것이
싫었던 것이다. "엄마가 오늘은 돈이 없어. 그냥 가자"
아이의 반응을 듣기 위해서 한 말은 아니었다. 혼잣말로
웅얼거렸는데 믿을 수 없는 단어가 아이의 입에서
흘러나왔다.

"은행. 은행."
"응? 뭐라고?"
"은행에 가자고?"

출산 후 아픈 허리 때문에 아이를 마음껏 업어주지
못할 때였다. 허리 통증 때문에 잠시 내려놓으려고 아기
띠를 푸는데 칭얼대기 시작했다.

"아가야, 엄마 허리 아프다. 조금만 누워 있어."
"아니야, 아니야, 엄마 괜찮아. 참아."

"뭐라고? 나보고 참으라고?"

귀를 의심할 만한 어휘력이었다.

지독하리만큼 밤에 잠을 안 자는 것도 똑똑하기 때문이라고 생각했다. 아이는 모든 것이 빨랐다. 눈치도 빠르고 말 배우기도 빠르고 기저귀는 일찌감치 뗐다. 말을 배움과 동시에 글자에 관심을 가졌다. 가르친 적이 없는데 등에 업혀서 간판을 줄줄이 읽었다. 아이를 키우는 기쁨은 날로 커졌다. 아이의 영재성을 검사해보라는 사람들이 많았고, 우리 아이가 정말 영재인지 궁금해졌다. 무엇보다 영재로 타고난 아이를 방치하는 것은 잘못된 일이라는 생각이 들었다. 영재 검사의 결과를 들었던 날부터 나는 인생의 목표를 다시 세웠다.

내가 낳은 아이라는 사실이 믿을 수 없을 만큼 기뻤고, 그날부터 아이는 자부심이 되었다. 나는 조금씩 변해갔다. 무언가를 가르쳐야 한다는 강박에 사로잡히기 시작했다. 이제 아이와 놀아주는 건 놀이가 아니라 학습이었다. 아이큐를 향상시키는 블록들은 쌓여갔다. 놀이로 둔갑한 공부 시간에 집중력이 떨어지기라도 하면 은근히 아이를 압박하기 시작했다.
그렇게 세 살이 되었을 무렵, 아이의 입에서 다시 한번
믿을 수 없는 말이 나왔다.

"엄마, 나 키우기 싫어?"

어휘력이 뛰어난 아이라서 별 희한한 말을 다 한다고
생각했을 뿐, 아이가 느꼈을 어려움은 정작 알아차리지
못했다. 그때부터 이미 나는 아이에게 믿음을 주지
못하는 엄마였다. 자신을 끝까지 키워줄 사람이라는
확고한 믿음을 주지 못한 것이다. 그저 아이의 똑똑함에
초점을 맞추고 살았다. 어떻게 하면 더 똑똑하게
만들까 고심했다. 총명함을 타고난 아이의 재능에 취해
어리석은 세월을 보내고 있었다. 그때부터였다. 내 가방
속에 언제나 종류별로 진통제를 넣고 다니기 시작한
것은.
　마음을 들여다보는 시간은 낭비하는 시간이라고
여겼다. 채워지지 않는 탐욕에 열중했고, 작은
기쁨에는 만족하지 않았다. 지혜는 점점 멀어져 가고,
내리막길에도 굳이 달려가는 미련한 삶을 살았다. 내

고통의 원인은 욕심에서 비롯되었다. 로또에 당첨되는 행운만을 바라는 사람처럼 허황된 행복을 좇으며 뛰었다. 그렇게 앞만 바라보고 너무 오래 달렸다.

"엄마, 나 키우기 싫어?"

지금에서야 그 질문에 답을 한다.

"아니, 처음으로 돌아가서 다시 키우고 싶어. 네가 태어났던 그때부터 다시."

고비를 넘겨야 하는
순간

오늘의 기분 | 비 ☂

　오늘은 아이와 함께 정신과에 다녀왔다. '엄마
상담' 시간이었다. '엄마 상담'은 들춰내고 싶지 않은
과거로의 여행을 뜻한다. 당시의 양육 환경과 뒤틀렸던
부모의 태도를 현실로 가져와서 정면으로 바라보는
고통스러운 시간이다. 아프고 피가 철철 흐르지만, 피를
닦아내고, 벌어진 상처를 봉합하고, 약을 발라야 한다.
그러려면 잊고 싶은 과거, 내 삶의 뒤편으로 가서 그때
통과했던 골목길을 배회해야 한다. 누군가가 함께해
줄 수 없는 고독한 시간이다. 바위처럼 크고 무거운
고독이다.

나는 특별한 삶이 있다고 믿었다. 노력하면 나도 특별해질 거라고 생각했다. 아이에게 특별한 삶을 선물해 줄 수 있다고 생각하면서 살았다. 하지만 이 세상에 특별한 건 존재하지 않는다는 것을 이제는 안다. 특별한 것이 꼭 좋은 것만은 아니라는 점도 깨달았다.

못났던 과거의 나를 기록으로 남긴다. 상처가 빼곡하게 적힌 기록을 천천히 다시 읽는다. 기록을 읽는 시간이면 과거의 나는 좋은 사람이 아니었음을 계속해서 깨닫게 된다. 그제야 조금씩 괜찮은 사람이 되어간다. 체험을 통해서만 바뀌는 존재가 인간이라면, 나는 기꺼이 뼈아픈 순간을 체험해야 한다. 지금 이 고비를 넘으면 조금은 달라진 인간이 되기를 바랄 뿐이다.

제발 용기를 잃지 말자.

후회의
온도

　하나밖에 없는 내 새끼. 내 피와 같은 자식. 모든 것을
다 주어도 아깝지 않을 귀한 내 새끼. 남들에게 흉이 될
만큼 자식 사랑이 유난했다. 모성이란 그런 것이라고
생각했다. 부모는 자식을 위해 무조건 희생하는
존재라고 생각했다.

　어느 날 아이가 말했다. 엄마를 희생하며 자신을
사랑하지 말라고. 만약 그랬다면 지금이라도
그만두라고 말했다.

　자신이 바라는 사랑은 그런 것이 아니라고 했다.
자식은 자신을 위해 희생하는 엄마를 보면서 더
큰 희생으로 보답해야 한다는 생각을 하게 된다고

했다. 그건 손을 잡은 채 둘 다 불행해지는 일이라고 말했다. 내가 듣기에 그 말은 이미 불행하다는 뜻이나 다름없었다. 아이의 말이 비수가 되었다. 이건 뭔가 완전히 잘못되었다.

　엄마와 딸은 둘만 아는 노래를 부르다가 딸이 먼저 노래를 그쳤다. 엄마는 부르던 노래를 멈추기 힘들었지만 딸은 처음부터 음정과 박자가 틀린 노래였다고 말했다. 딸은 지긋지긋하다는 표정으로 멀리 도망갔다.
　여자가 아이를 낳는 것은 얼굴에 지울 수 없는 문신을 하는 것과 같다고 했다. 나는 내 얼굴에 새긴 문신을 사랑했다. 행여나 문신이 지워질까 봐 노심초사했고 문신이 흐려진 것 같으면 선명하게 덧칠을 했다. 문신이 나에게 잘 어울린다는 확신이 있었지만 나 혼자 그런 그림일 뿐이었다.
　아이가 입는 모든 옷, 아이가 추는 모든 춤, 아이가 하는 모든 말, 아이가 원하는 모든 일, 모든 것이 한없이 하찮은 것일지라도 원 없이 하게 내버려 둘 걸 그랬다. 마음껏 놀고 마음껏 풀어줄 걸 잘못했다. 지금에 와서 후회하며 흐느껴봐야 무슨 소용인가.

수신 불가
하소연

오늘의 기분 │ 비 🌧

삶의 단편들을 놓고 울어봐야 무슨 소용이 있겠어?

온 삶이 눈물을 요구하는 걸.

— 세네카

아트북 페어에서 나만큼 나이 든 사람을 만나지
못했다. 굳이 이곳까지 찾아와서 슬픔을 확인할 필요가
있었을까. 예술적 재능을 뽐내는 청춘들에게 나는
무엇을 발견하고 싶었길래 비 오는 거리를 뚫고 이곳에
왔는지 잘 모르겠다.

고작 찬란함 속에 합류하지 못한 딸아이의 현실을
확인하러 온 것인가. 비 오는 날의 습도와 젊은이들이

내뿜는 열기가 뒤섞여 숨이 턱 막혔다.

어릴 때부터 아이의 꿈은 미술 대학에 진학하는 것이 아니라, '그림을 그리는 삶'을 사는 사람이었다. 그림을 그리는 순간은 아이에게 즐거움이었다. 어딘가에 도달하기 위해 그리는 것이 아니기 때문에 즐겁다는 것을, 어른인 나는 안다. 어른이기 때문에 또 다른 것도 안다. 먼 미래의 일을 염려하다 보면 지금 당장의 행복에 소홀해진다는 것도 안다. 그림이라는 것은 어딘가에 도달하거나 완수하기 어려운 일이라는 것도 알고, 자신이 품은 소망에 팍팍한 현실이 더해지면 덧없어진다는 것도 안다. 그 덧없음으로 사람은 불행을 느낀다.

그림을 그리는 삶을 살겠다는 아이를 그런저런 이유로 오랫동안 뜯어말렸다. 아이는 자신의 의지가 담긴 절절한 편지로 나를 설득했다. 하지만 오늘 여기 그 다부졌던 아이는 없다. 반짝이던 창의력을 가진 아이는 대체 어디로 간 걸까.

딸은 우울증을 진단받고 가장 먼저 헬스클럽을 등록했다. 의사의 권유도 한몫했지만, 밤과 낮의 구분이 없는 생활에서 벗어나고자 하는 마음도 컸다. 밤에는 불면에 시달리고 낮에는 학교에 가야 했기에 거의 매일 수면 부족 상태였다.

운동은 필수였지만 필수라고 생각하는 건 의사와 나뿐이었다. 오늘 헬스장에 재등록 비용을 송금하면서 계속 운동을 할 생각인지 아이에게 의견을 묻지 않았다는 것을 깨달았다. 그동안 아이는 자신의 인생에 선택권이 없었다는 것을 여러 번 하소연해 왔다. 대부분의 선택은 엄마의 권유에 의해서였고, 싫다는 표현을 편하게 하지 못했다고 했다. 아이가 입을 열지 않게 된 것은 하루아침에 생긴 일이 아니라는 뜻이다.

오래전부터 스트레스와 불만이 서서히 쌓여서 하나로 뭉쳐진 상태인 것이다. 처음에 알아채고 잘 대응했더라면 지금 같은 상황에 놓이지 않았을 텐데. 왜 마지막 순간에만 집중하며 살아왔는지 모르겠다. 꽃을 피우려고 조금씩 힘을 내던 작은 봉우리와 끝내는 열매를 맺지 못하고 땅에 묻혀 있는 씨앗들을 왜 살피지 못했을까.

나는 오늘도 남에게는 들리지 않을 하소연이 길다.

뼈아픈
고백

아이를 키우며 쓸데없는 계획을 짜느라 한창 바쁠 때 우리에게 많은 일이 생겼다. 아이는 우울증에 걸렸고 나는 비탄에 빠졌다. 오늘 문득 우울함에 깊숙이 관여하며 했던 행동을 문장으로 옮겨보기로 했는데 생각보다 많은 양에 놀랐다. 행동하는 것보다는 글로 쓰는 것이 더 어렵게 느껴지는 건 그만큼 쉽게 행동하고 말했기 때문일 것이다.

적어놓은 문장을 천천히 읽어보니까 부끄럽기 짝이 없다. 인식하지 못하고 행사한 폭력에 기가 막힌다. 이것은 진실한 삶의 고백이다. 내 행동을 설명한 문장 하나하나에 선인장처럼 촘촘히 가시가 박혀 있었다.

나의 실체를 드러내는 일은 언제나 용기가 필요하다.

남들의 시선이 두려웠던 적도 있었지만, 지금은
아이만 건강해진다면 어떤 욕이라도 받아들일 자신이
있다.

나는 아무래도 괜찮다.

적어놓은 문장은 폭력이기도 하고 때론 상처이기도
하다. 낱낱이 드러낸 상처가 내 영혼의 본질이라고
해도 기록을 기록으로만 남겨놓을 수 없다. 이 고백이
생생하고 아픈 고백인 이유는 그동안 깊게 공감하지
못한 아이의 고통을 마주하는 일이고, 나의 한심한
한계를 드러내는 일이기 때문이다.

내가 지금 할 수 있는 일은 열아홉 가지의 행동을
문장으로 적어놓고 여러 번 읽고 곱씹으면서 상처받은
아이와 나의 영혼을 달래는 일뿐이다. 생각은 말이
되었고 말은 행동이 되었다. 행동이 습관이 되고 습관이
성격이 되려고 할 즈음에 아이에게 우울증이 찾아왔다.
오늘 이 뼈아픈 고백을 통해 성격이 운명이 되는
것만큼은 간절한 마음으로 막아보려고 한다.

1. 아이를 특별한 존재로 만들려고 힘으로 몰아붙였지만, 정작 자신은 열등감에 사로잡혀 아이가 본받을 만한 롤 모델이 되지 못했다.

2. 이유가 무엇이든 간에 시종일관 무기력하고, 나약하고, 우울한 모습을 보여줌으로써 활발하고 자신감 있는 아이로 성장하는 데 방해가 되었다.

3. 아이의 부족한 부분을 받아들이고 이해하는 데 인색했다.

4. 아이가 지닌 장점이나 특별함을 인정하지 않고, 남과의 비교를 통해 수치심과 모욕을 느끼게 했다.

5. 부모로서 할 수 있는 일은 다 했다고 자만했고, 따뜻한 말보다는 냉정한 평가를 일삼아서 아이가 애정 결핍을 느끼게 했다.

6. 어떻게 하면 부모의 사랑과 인정을 받을 수 있을지 생각하게 하고 부모의 말에 무조건 순응하게 했다.

7. 지나치게 엄하고 권위적으로 양육하고 아이의 의견은
   무시했다.

8. 아이의 감정 변화를 알아차리지 못하고, 내 감정만
   우선시했다.

9. 아이가 처한 상황이나 앞뒤의 맥락은 고려하지 않고
   냉정한 평가만을 했다.

10. 또래들보다 더 많은 것을 제한하고 아이의 즐거움을
    무시하고 동참하지 않았다.

11. 쓸데없이 진지했다.

12. 실패를 받아들이고 배우는 과정을 시간 낭비라고
    생각했다.

13. 아이가 준수해야 할 규칙이 지나치게 많았다.

14. 아이로서 도저히 도달할 수 없는 기대치를 제시하고
    절망을 느끼게 했다.

15. 엄격했지만 정작 아이와의 갈등은 두려워하고
    풀어가는 방법을 몰랐다.

16. 말을 잘 듣게 하기 위해 억누르고 기를 꺾었다.

17. 아이에게 쉬는 시간을 주는 것에 관심이 없었다.

18. 모든 양육 부분에서 일관성이 없었다.

19. 자신의 양육에 문제를 인식하지 못했던 점이 가장
    최악이었다.

좋은 엄마
코스프레

- 정서적으로는 부드럽고 연약해서 상처받기 쉽다.

- 자존심이 강하고 적당한 야심을 품고 있으며 한편으로는
  고집도 센 편이다.

- 평소에 감정 소비가 심해서 남몰래 마음고생을 하기도
  한다.

- 긴장하지 않아도 될 일에 유독 긴장을 하며 부대낀다.

- 자신을 관찰하는 일을 좋아하며 객관적으로 자아를
  비판한다.

- 스스로 엄격한 윤리적 잣대를 가지고 있다.

- 겸손하면서 수줍고 늘 진지하다.

이런 아이의 성격은 어디서든 예의 바르고 좋은 사람이라는 평가를 받을 만하다. 눈에 띄는 단점은 엄마를 닮아서 유독 예민하다는 것이다. 예민함이 지나칠 때는 장점을 덮기도 한다.

누구보다 깊은 애정으로 아이를 대하면서도 세상에서 가장 엄격하고 무서운 존재이기도 한 엄마에게 딸은 줄곧 이중 메시지를 받았다. 자존감이 낮았던 엄마는 언제나 중심을 잃었고 갈팡질팡했다. 아이는 자라는 내내 그런 엄마의 장단에 맞춰 춤을 추느라 고생이 심했고 늘 혼란스러웠다.

나는 왜 좋은 엄마 노릇에 실패한 것일까.

좋은 엄마가 돼야 한다는 강박은 아이가 태어나면서 자동으로 입력되었다. 안락한 집, 질 좋은 먹을거리와 온화하고 따뜻한 분위기 그리고 최고의 교육 환경까지 모든 것을 완벽하게 갖추고 싶었다. 하지만 원하는 것은 언제나 부족했다.

상황이 나빠질수록 가지고 싶은 것들은 더욱 절실해질 뿐이었다. 무슨 수를 써서라도 남들만큼 키워야 한다는 생각에 사로잡혔다. 남편을 대신해

가정의 경제를 책임져야 했다. 늦은 밤에 집에 들어가면 엄마를 기다리던 아이는 혼자 밥을 챙겨 먹고 거실에 아무렇게나 잠들어 있었다. 방에 눕히려고 아이를 안고 걸으면 굴러다니던 밥그릇이 발에 걸렸다.

아이가 들을까 봐 소리 없이 울던 밤들이었다. 어린 딸의 외로움을 확인할 때마다 죄책감에 시달렸다. 양육에 대한 부담으로 유난히 힘든 날에는 마음속으로 남편에게 욕을 퍼부었다. 그런 자신에게 실망했다가 이내 반성을 했고 또다시 마음을 다잡았다. 부단히 노력했지만 금방 지쳐버리는 일상이었다. 내 삶은 그렇게 탈진하기에 이르렀다.

누구보다 잘 해내고 싶었지만, 여건은 열악해져만 갔다. 몸이 아프면서 원하는 삶은 점점 멀어졌다. 자신감이 떨어지면서 마음이 조급해졌다. 지나치게 좌절했고 섣부르게 실패를 예감했다. 나는 뭔가에 쫓기고 있었다.

내 어린 시절은 불행했다. 엄마가 네 살 터울의 동생과 나를 버릴지도 모른다는 생각으로 두려움에 떨던 때 나는 고작 다섯 살이었다. 매일 밤이면 아빠를 기다리느라 대문 밖에 나가서 몇 시간씩 서 있는 엄마를 보면서 어린 나이에도 편하게 잠들지 못했다. 땅이 꺼질 것 같은 한숨 소리가 들렸다. 엄마의 얼굴에서 그늘을 발견했다. 엄마는 항상 불행한 사람이었다. 중학생이 된 나는 엄마의 보호자가 되기로 결심했다. 엄마가 내 곁을 떠나지 않게 하려면 엄마가 좋아할 만한 일을 해야 했다. 그러려면 자신을 소외시킬 수밖에 없었다.

나는 점점 더 우울한 아이로 변해갔다. 우여곡절이 많았지만, 당시엔 비슷한 아픔을 지닌 아이들이 많던 시절이었다. 누구나 겪을 수 있는 가정사라고 생각했지만, 내 자식에게만은 똑같은 아픔을 주지 않겠다는 생각을 마음속에 새기며 살았던 것 같다. 어린 시절의 아픔이 건강한 자아 형성을 방해했다. 잠재의식 속에 남아 있던 부정적인 감정들이 자녀를 양육하는 데 영향을 미쳤다는 것을 상담을 통해 알게 됐다. 생각지도 못한 일이다. 잊고 살았던 불행한 과거가 소환돼 당혹감을 감출 수가 없었다. 결국은 내 불행을 아이에게 전달한 꼴이 됐다. 애초부터 좋은 부모가 될 자격이 없었던 건 아닐까.

지금 아이는 고통의 비명을 지른다. 부모로서 가만히 두고 볼 수만은 없다. 잘 해내리라는 보장은 없어도 가능한 모든 일을 시도해야 한다. 나는 여전히 좋은 엄마가 되고 싶기 때문이다. 그러려면 나를 지배하는 우울의 장막부터 걷어내야 한다. 지금 당장 절망으로 추락하는 우울을 막아서야 한다. 새로운 안경을 쓰고 내면을 들여다본다. 가장 먼저 나를 파괴하려는 불안과 마주친다.

　나는 이제 불안과 싸우지 않고 공존하는 방법을 배울 것이다. 두려움과도 친구가 되고 함께 살아가는 지혜를 터득할 것이다. 나를 지배했던 불행한 과거와 화해하고 아이를 사랑할 수도 미워할 수도 있는 평범한 나를 인정할 것이다. 나는 내 딸을 사랑한다. 그러므로 얼마든지 좋은 엄마가 될 수 있다.

아이를 고통으로
몰아넣는 말

　대단한 인심을 쓰고 있는 것처럼 굴었다. 툭하면
협박을 일삼는다. 협박이 통하지 않으면 회유로
노선을 변경한다. 뒷골목을 어슬렁거리고 있지도 않은
자릿세를 받아 챙기는 양아치의 행동이다. 이도 저도
효과가 없으면 마지막으로 공포감을 조성한다. 내
자식이지만 내 자식이기 때문에 마음 놓고 비난하고
비웃는다. 가끔은 웃어도 혼을 낸다.

　기분이 좋을 때는 아이에게 태평양처럼 넓은 범위를
허용하다가, 마음에 안 드는 일이 생기면 일순간에
손바닥만 한 메모지 크기로 허용 범위가 변한다.

　아이를 포기한 듯한 말은 일상이고, 엄마의 몸이

아프다는 사실을 강조해서 부모에 대한 책임감을
심어준다.

아무 때나 남편을 향한 불만을 터트리고 아이가
들어주기를 은근히 바란다. 자신의 감정을 다스리는
방법에 대해 고민하지 않는다.

지금, 이 순간에도 자녀에게 말의 지옥을 선물하고
있는 엄마는 어딘가에 존재하고 있을 것이다. 아마
아이는 숨죽인 채 여린 마음 안에 불행을 조금씩
쌓아놓고 있는지도 모른다. 내가 했던 말과 당신의 말이
닮지는 않았는지 천천히 읽어보기를 바란다.

- 엄마 말 안 듣고 잘되는 아이 못 봤다.

- 커서 뭐 될래?

- 공부 못하면 박스 주우러 다녀야 해.

- 그런 식으로 할 거면 책이 왜 필요해? 갖다 버리자.

  (실제로 행동에 옮기기도 함)

- 그렇게 할 거면 당장 나가.

  (실제로 내보낼 것처럼 공포감을 조성)

아이가 초등학생일 때 내가 자주 했던 말이다.
엄마의 말에 순응하는 아이로 만들기 위한 일종의
협박이다. 부모에게 순종하지 않으면 인생이 좋은
방향으로 흘러가지 않을 거라는 짐작을 하게 한다.
아이의 마음에 불안감을 조성해서 자녀를 마음대로
조종하려는 최악의 처방이다.

아이의 인격을 존중하지 않고 자존감을 떨어뜨렸다.
남들과의 비교를 통해 현재를 돌아보게 만든다는
생각으로 쉽게 내뱉은 말이지만, 부정적인 결과만
초래했다. 아이가 처한 상황을 전혀 고려하지 않았다.
그저 부모가 정해놓은 잣대로 아이를 평가하고,
일상생활에서 자유를 가혹하게 제한했다. 아이가
청소년기에 접어들었을 때 내가 많이 했던 말이다.

— 도대체 무슨 정신으로 사니?

— 나 같으면 그런 일은 생각도 못 했다.

— 그 점수를 받고 웃음이 나오니?

— 넌 누굴 닮아서 자기관리가 안 되는 거니?

— 아, 나도 이제 모르겠다. 네 마음대로 해.

딸아이의 우울증이 시작되고도 말의 폭력은 계속됐다. 격려의 가면을 쓴 비난의 말이나, 밑도 끝도 없는 긍정을 강요하는 말이 대부분이었다. 의사도 아니면서 의사인 것처럼 우울증을 극복하기 위한 방법을 끊임없이 제시했다.

- 적극적으로 좀 행동해. 그럴수록 너는 점점 더 우울해질 뿐이야.
- 표정이 그게 뭐니? 밝은 표정에서 밝은 생각도 나오는 거야. 누가 보면 초상난 줄 알겠다.
- 넌 무조건 할 수 있어.
- 어떤 상황에서든 긍정적으로 생각하려고 노력해 봐. 세상에 안 되는 일은 없어. 안 된다는 건 다 핑계야.
- 네가 너무 예민해서 이런 병에 걸린 거야. 모든 일에 촉수를 세우지 마.
- 자기감정 하나 추스르지 못하면 사회생활은 물 건너간 거야.

말이 지닌 독을 미리 알았다면 나는 침묵을 선택했을 것이다. 내가 했던 말은 아름답지 못했다. 차라리 자식을 외면했다면 이보다 나았을까. 말 없는 관찰자로 살았다면, 고난 앞에서 일시적으로 후퇴를 했더라면, 일시 정지의 힘을 그때 알았더라면 분명 지금과는 다른 길을 걷고 있을 것이다.

말을 멈추고 딸과의 관계를 재검토한다. 침묵의 강을 지나면 우리는 빛나는 언어를 만나게 될지도 모른다. 우리가 정말 해야 할 말은 늘 닿을 수 없는 곳에서 반짝인다. 밤하늘에 빛나는 은하수처럼.

입조심

나의 불행은 언제나 내 입에서 시작된다. 사람은
긍정적인 말보다 부정적인 말을 다섯 배 정도 강하게
받아들인다고 한다.

그러므로 한 번의 비난을 받으면 다섯 번의 칭찬을
받아야만 그나마 예전의 마음으로 돌아간다는 것이다.
생각해 보면 아이를 긍정해 준 적이 별로 없다. 내가
긍정을 잘 모르는 사람이기도 했지만, 지나친 긍정이
불러올 문제들을 염려했다. 하지만 결과적으로는
긍정적인 아이가 되기를 바랐다. 참 뻔뻔했다.

나는 불안을 이기지 못하고 아이에게 말했다.

"빨리 약 먹어."

　하지 말아야 할 말이 나와버렸다. 말이라는 것은
그저 되는대로 문법과 어순에 맞춰 사용해서는 안 된다.
아름다우면서 힘을 지닌 말을 하려면 여러 번 다듬어서
내봐야 한다. 이이를 당장 즐겁게 해줄 말을 찾는 것도
어려운 일이지만, 설사 있더라도 마음에 들어가 앉지
못하는 말일 뿐이다. 딸의 인생을 조금이라도 변화시킬
수 있는 말을 하려면 깊은 고독을 통과했거나, 오랜
사유의 시간을 거쳐야 한다. 그것도 아니면 최소한 내가
진실로 사람을 이해할 줄 아는 사람이어야 한다. 나는
그런 사람인가. 느껴도 행동하지 않았고, 공감한다면서
쉽게 잊어버린 사람이 아니었던가.

　딸은 요즘 위태롭고 아슬아슬하다. 시간 단위로
기분이 변하고 식이 장애를 의심할 정도로 먹는 양이
들쑥날쑥하다. 배가 고프지는 않은지. 기분이 어떤지.
습관처럼 질문한다. 대답을 듣기 위해서는 아니다.
　아마도 나는 아이가 빨리 달라져서 내 기분이
좋아지기를 바라고 있는 것 같다. 아이의 변화에 따라

내 마음이 달라지는 것은 위험하다. 이쯤에서 선을 긋는다. 생각의 방향을 바꿔본다. 아이가 달라지는 것은 좋은 일이지만 솔직히 그게 나에게 무슨 소용이 있나. 살기 위해 애를 쓰는 일은 누가 대신해 줄 수 있는 것이 아니다. 딸은 딸대로 나는 나대로 살기 위해 애를 쓰면 되는 일이다. 딸도 그러기를 바라고 있을 것이다.

얼마 전 딸에게 뭘 하고 싶은지 물어본 적이 있다. 뜻밖에도 몹시 단순하고 소박해서 깜짝 놀랐다. 내가 아이의 입장에서 생각하지 못하는 '무사유의 인간'이라는 사실이 놀라워서 더 깜짝 놀랐다.

나의 말은 흙탕물이다. 물잔에 담아놓고 시간이 흐르기를 기다려야 한다. 더러운 물이 가라앉으면서 물은 점점 맑아진다. 맑은 물로 만들려면 계속해서 걸러내야 한다. 그만큼 많은 시간이 필요하고 여러 번 반복해야 한다. 책임감 없는 말, 비겁한 말, 회피하는 말만 없애도 지금보다는 무탈하게 살 수 있을 것이다.

흙수저 엄마라서
미안해

　남들이 하는 일은 나도 다 하며 살겠다고 기를 쓰는 날들이었다. 초등학교도 입학하지 않은 아이에게 선행 학습을 시키는 일은 그런 이유로 중요했다. 우리의 장래가 미지수였기에 불안한 날이 계속되었다. 그 불안을 없애는 방법으로 학원 순례를 택했다. 엄마의 공허를 몰아내기 위해 아이를 닦달하고 중학생만 돼도 쓰레기통에 처박아 버릴 잡스러운 지식을 주입했다. 경제적 지원을 받지 못했던 내 어린 시절의 기억이 더해졌다. 누리고 싶은 것들을 포기했던 아픔까지 함께 버무려졌다. 경제적 결핍이야말로 내 생애에서 완전무결하게 끝내야 할 지상 최대의 목표가 되었다.

돈벌이는 녹록지 않았다. 직장 생활로 벌어들이는 돈은 뻔한 액수였다. 적어도 자식에게만큼은 경제적인 이유로 기회에서 밀려나는 일은 없게 하려고 죽을힘을 다해 버텼다. 건강에도 이상이 느껴졌지만, 잠시도 쉴 틈이 없었다. 지병으로 장기간 병원 생활을 하시는 친정엄마의 병원비도 어느 정도는 책임을 져야 했다. 엄마의 병원비와 아이의 교육비를 해결하고 나면 통장의 잔고는 언제나 제로였다. 고난의 끝은 쉽게 보이지 않았다.

내가 그렇게 자식 교육에 닦달하고, 불안해하고, 안달을 내는 이유는 가진 게 없어서였다. 내가 남들보다 특별히 욕심이 많아서도 아니었고, 내가 잘나서는 더더욱 아니었다. 단지 처지와 환경이 가난했기 때문이었다. 지금의 고통을 참아내며 언젠가 뒤따라올 보상에 대해 생각했다. 엄마 말을 거역하지 않는 모범생 딸, 언제나 성적표에 1등을 새겨오는 아이가 머지않아 명문대 입학을 선물로 가져올 것이라고 기대했다. 인간의 사고에는 원래 습관성이 있어서 그냥 내버려 두면 항상 같은 생각을 하고 같은 결론만을 내리는 것처럼 내 생각은 언제나 명문대 입학에서 맴돌고 있었다.

　삶이란 시간이 지나면 유치한 것투성이지만 그때는
목숨을 건 투쟁이었다. 내게는 다행이었고 딸에게는
불행이었을 성과가 나오기 시작했다. 딸은 10을 주면
50을 되돌려주었다. 아이가 불행의 길로 들어선지도
모르고 빛나는 상장을 받아 들 때마다 하늘을 나는
기분을 만끽했다. 학습 방법을 물어오는 엄마들이
생겼고 어깨가 점점 올라갔다.

　비록 내 인생은 보잘것없어도, 딸의 앞날은 다를
거라는 확신이 생겼다. 하늘 높은 줄 모르고 허황된
꿈을 꾸던 시절이었다. 아이가 조금이라도 여유를
부리는가 싶으면, "이러고 있을 때가 아니야"라고
말했다. 친구를 만나서 노닥거릴 시간도 없었다. 그러고
있을 시간이 아까웠다. 소소한 일상과 관련된 여유로운
시간을 저주했다. 시간의 효율성을 그렇게 따지고선
정작 비효율로 가는 자신을 책망했다.

　언제나 그렇듯 질병이란 다른 삶을 살라는 몸과
마음의 메시지다. 지금까지와는 다른 삶을 살라는

엄중한 메시지를 받았다. 나는 병이 들었고 그 후로는 아이마저 우울증에 걸렸다. 인간이란 젊을 때는 무엇이라도 갈망해야 살아갈 수 있는 존재다. 그때 나는 내가 원하는 것을 정확히 몰라서 남들이 원하는 것이라도 내 것으로 만들어야 직성이 풀렸다. 내가 원하는 것은 아이의 행복이었고, 남들을 따라 한 것은 비뚤어진 교육열이었다. 당시로 돌아간다면 나는 다른 선택을 했을까. 솔직히 잘 모르겠다. 아이는 엄마의 기대를 저버리는 것이 두려웠을 것이다. 엄마의 기쁨을 언제까지나 보장해 주기 위해 자신을 기꺼이 희생했다.

아이는 자신의 삶을 버리고 엄마의 삶을 살았다. 외로움을 혼자만의 몫으로 받아들인 채 고군분투하다가 기력을 다하고 끝내는 쓰러져 버린 것이다. 나는 매일 밤 아무도 모르게 오열하다 잠이 든다. 딸을 배 속에 넣고 기쁜 마음으로 열 달을 기다렸다가 다시 낳아 기르고 싶다. 처음보다는 훨씬 잘할 수 있을지도 모른다. 나는 진실로 진실로 다른 사람이 되고 싶다. 다른 사람이 되려면 제일 먼저 내가 바뀌어야 한다. 다시 태어나고 싶다면 일단 죽어야 하듯 살아 있는 상태에서 다시 태어나려면 죽음을 뛰어넘는 노력을 해야 한다.

이제는 나보다 빨리 달리는 사람들이 앞서간다고 생각하지 않는다. 이유도 없이 불안해하고 뭔가에 안달하거나 세상이 나에게만 불공평하다고 불만을 품지 않을 것이다. 어디에 도달할 것인지 미리 계획하지 않을 것이다. 무엇보다 다시는 금수저 타령은 하지 않을 것이다. 그렇게 하면 나는 구원받을 수 있을까.

자식이라는
존재

오늘의 기분 | 흐림 ☁

밤새 키보드 소리가 들린다. 아이는 오늘도 밤을 지새웠다. 불안한 선잠이 들었다가 깼다. 닫힌 문 뒤에서 아이가 어떤 생각을 하면서 밤의 시간을 건너고 있을지 생각하다가 다시 잠이 든다. 언제부턴가 아이는 나를 향해 웃어주지도, 말을 걸지도 않는다. 적극적으로 말을 거는 건 언제나 나뿐이다.

워낙 작아서 들리지 않았던 속삭임이 있었다. 그동안 딸은 눈을 크게 뜨고 오랜 시간 관찰해야만 보일 것 같은 희미한 아픔을 끊임없이 속삭였다. 아픔은 점점 커져 고통으로 변해갔지만 무심한 엄마에게는 잘 들리지 않았다. 속삭임이 아우성이 되고 나서야 정신이

번쩍 들었다. 모든 일은 이미 일어나 있었고 되돌리기엔 너무 멀리 온 다음이었다.

짓눌린 감정, 무시당한 마음, 치유되지 않은 상처를 봉인시킨 채 아닌 척, 괜찮은 척 연기를 하다가 어느 날 봉인이 스스로 풀려버린 것이다. 감정이란 것은 언제까지나 알기 힘든 것이고 오묘하기 때문에 표현하지 않는다고 해서 사라지는 것이 아니었다. 억압된 감정은 언젠가는 유턴을 하고 전속력으로 달려와 사고를 일으킨다. 한참 늦었지만 나는 지금 대형 사고를 수습하는 중이다.

나는 습관처럼 마음과 다른 행동을 했다. 말에는 언제나 약간의 가식이 숨어 있었다. 삶을 살았던 것이 아니라 억지로 견뎌왔다는 것을 누구도 아닌 딸에게 들켜버렸다. 아이는 나에게 오랫동안 실망했을 것이다. 엄마를 혐오하는 자신을 똑같이 혐오하고 있을지도 모른다. 우리 사이에 메꿔지지 않은 틈이 생기면서 그 틈 사이로 억눌린 감정이 흘러나오다가 끝내 홍수가 난 것이다.

언제나 밝은 표정을 하고 순종적인 딸로서 엄마에게

불만을 품으면 안 된다고 생각하면서 자신에게 주어진 환경에 만족하려고 죽을힘을 다해 노력하다가 급기야 폭발한 것이다. 의사의 말대로 폭발이 희망의 첫 신호라는 걸 아직은 완전하게 믿지 못한다.

자식이라는 존재는 스승과도 같다. 엄마는 더 늦기 전에 건강한 인간이 되어야 한다고 말하고 있다. 아이는 스스로 치유를 시작하면서 엄마도 감정에 솔직해지라고 계속해서 말해왔지만, 미련한 엄마는 용기를 내지 못하고 버티기만 했다. 보다 못한 아이는 우울증이라는 도구로 나의 정신을 깨버리고는 고통이 따르더라도 받아들이고 인정하라고 온몸으로 설득했다.

자가 치유가 어느 정도 효과가 있는 것 같다. 그동안 잃어버렸던 자아를 찾아서 다듬고 바로 세우는 중이다. 엄마에게 다시는 인생을 맡기지 않겠다고 단단히 마음을 먹은 듯 보였다. 자기 인생을 쥐락펴락할 생각은 꿈에도 하지 말라고 무섭게 엄포를 놓았다. 앞으로는 기쁜 척, 행복한 척하는 일은 절대로 없을 거라는 듯 표정 없는 얼굴로 나를 바라본다. 부모에게 자식은 무서운 선생이다.

이상한
계획

　단정하게 살고 싶었다. 나쁜 일이나 인간으로서
하지 말아야 할 일을 미리 알고 멀리하며 살고 싶었다.
무엇보다 자연스럽고 깨끗하게 살기를 원했다. 행복을
꿈꿀 때도 나는 나의 행복에 품위가 있기를 바랐다.
그게 욕심이라면 욕심이었다. 인생이란 원하는 대로
흘러가지 않는다. 나는 그때 섬이 된 것 같은 고독
속에 있었고, 내 삶이 품고 있는 고난의 크기와 깊이를
가늠할 수 없었다. 명석한 사람이었다면 그 깊은 우물
속에서 삶의 지혜를 길어 올렸을지도 모르지만 나는
그런 사람이 아니었다.

나는 하루아침에 가장이 되었다. 헤매고 슬퍼하는 것이 당연했지만, 내게는 그럴 시간조차 주어지지 않았다. 가족들에게도 다 말할 수 없는 일을 저지른 남편은 자신이 저지른 일을 감당하려다가 어디론가 사라져 버렸다. 원래 작은 일은 함께 의논하고 고민할 수 있지만, 큰일을 함께 하기는 어려운 법. 홀로 안고 가야 하는 법이다. 당장 생활에 필요한 돈과 유치원비를 마련하려면 이것저것 가릴 처지가 아니었다. 강한 체력과 독한 마음이 필요했지만 나는 이미 갑상샘 기능 이상 환자였다.

스트레스는 처방받은 약조차 받아들이기 힘든 몸으로 만들었다. 몸이 힘든 것보다 밤늦게까지 혼자 있을 아이 생각에 누가 툭 하고 건드리면 마음에서 시작된 눈물이 몸 밖으로 흘러넘칠 것만 같았다. 하루하루 먹고사는 일을 걱정하느라 남편을 향한 증오를 키우는 것도 잊었다. 생활이 안정될 때까지 아이는 외할머니가 맡아주시기로 했다. 퇴근길에 전화 통화를 할 때마다 통곡을 하던 아이의 울음소리는 잠들기 전까지 나를 괴롭혔다.

어느 날부터 아이는 할머니에게 매를 맞았다거나,

삼촌이 무섭다는 식의 거짓말을 했다. 그건 집에 오고 싶다는 뜻이었다. 엄마를 향한 그리움의 표현이자, 결핍의 고통이라는 것을 알지만 당장 데려올 수가 없었다. 2주에 한 번씩 데려와 보듬고 어루만졌다.

불안이 엄습했다. 이렇게 시간을 흘려보내는 것이 옳은 일인가. 우리에게는 노력해도 쉽게 바꿀 수 없는 가난이라는 열악한 조건이 생겼다. 내 아이가 앞으로 그것으로 평가받게 될까 봐 두려웠다. 이대로 넋 놓고 있을 때가 아니었다.

주말에 아이와 함께 완수해야 할 계획을 세우기 시작했다. 좋은 환경을 제공하지 못한다는 죄의식과 한부모가정이 될지도 모른다는 미안함을 덜어내기 위한 계획이었다. 아이를 위한 계획인 것처럼 보였지만 사실은 내 마음이 편해지기 위한 계획이었다. 하지만 나는 이 계획이 퍽 마음에 들었다. "인간의 모든 불행은 방 안에 가만히 앉아 얌전히 휴식을 취하지 못하는 습성에서 비롯된다"는 파스칼의 말을 빌리자면 나의 모든 불행은 쓸데없는 계획을 세우면서부터 시작됐다고 말해야 한다.

틈만 나면 자녀 교육법 같은 내용을 검색하느라

시간을 허비했다. 별것도 아닌 단편적인 정보들을 긁어모아 놓고는 하루아침에 모든 것이 가능하다는 착각에 빠졌다. 아이를 할머니에게 돌려보내기 전에 책을 한 권이라도 더 읽히려고 잠을 재우지 않았다. 엄마와의 다정한 시간이 필요했던 아이를 이리저리 끌고 다니며 없는 돈을 쪼개서 전시회나 박물관 같은 곳을 찾아다녔다.

나를 질책하지 마시라. 엄밀히 말하자면 나는 잘못이 없다. 나는 단지 내가 무슨 짓을 하고 있는지 깨닫지 못했을 뿐이다. 어리석음과는 조금 다른 '무사유의 인간'이었다. 무의미한 계획만을 세우는 인간이었다. 아이를 보내기 전 마지막 계획을 실행에 옮겨야 한다. 깨끗하게 씻겨서 엄마가 없는 빈자리에 묻은 때국물까지 완벽하게 씻어내야 한다. 나의 주말은 그렇게 고단하게 끝났지만, 최선을 다한 만큼, 딱 그만큼 마음이 편해졌다.

할머니에게 가는 날, 아이의 슬픈 눈을 본 적이 있다. 아이에게는 엄마를 따라 이리저리 끌려다닌 이틀이라는 시간이 한여름 땡볕 아래에 들고 서 있던 아이스크림처럼 빨리 녹아 없어졌을 것이다. 차라리 바보처럼 시간을 그냥 흘려보내는 게 훨씬 좋았을 것이다. 그냥 그렇게 견디다 보면 견디는 방법을 터득했을 테고 뭐라도 되었을 텐데.

아이들은 부모에게 대단한 것을 바라지 않는다. 대단한 일을 하려고 부단히 노력하는 것은 언제나 부모들이다. 엄마에게는 존재만으로 아이를 행복하게 만드는 능력이 있다는 당연한 사실을 아는 사람은 별로 없다. 그럴듯한 뭔가를 가지고 있지 않다는 생각에 늘 자식에게 미안함을 품고 산다. 부모로서 자신이 바라는 일을 자녀도 똑같이 원한다고 여기는 건 착각이다. 아이의 애정 결핍은 이렇듯 사소한 것에서부터 출발한다.

어쩌다 보니 내가 많이 변했다. 예전부터 생각했었다. 언젠가 내가 일을 하게 된다면 그저 평균 정도의 급여를 받고 자식에게 쪽팔리지 않는 정직한 일을 하고 싶다고. 하지만 그때의 순수했던 마음은 점점 어디론가 사라져 버리고 말았다. 계산기를 두드리고, 이득과 손해를 따지고, 상식을 잃어갔다. 진짜 쪽팔린 부모가 돼버린 것이다.

인생이 갑자기 뒤죽박죽되고부터 그 기억 속에 매몰되어 살았다. 계속해서 의식했고, 누군가를 증오했으며, 현재를 파괴하고 다가올 미래도 파괴했다. 어쩌면 내 아이까지 파괴하기 시작했는지 모른다.

　나는 지금도 잘 모르겠다. 괜찮은 삶을 살기 위한 노력과 될 대로 되라는 체념 사이에서 균형을 잡지 못하고 아슬아슬하게 서 있는 것 같다. 그래서 여전히 계획을 세우는 일에 집착하는 것일지도.

연중무휴
터널 속

오늘의 기분 | 비 ☁️

　나는 평생을 단점과 싸워왔다. 너무나 자주
싸워왔기 때문에 내 단점에 대해 잘 알았지만, 그것을
받아들이는 건 또 다른 문제라고 생각한다. 단점을
받아들이는 일은 노력해야 할 가치 있는 일이다.
누군가가 친절히 조목조목 알려준다면 그보다 고마운
일이 어디 있겠냐마는. 아무튼 그것은 용기가 필요한
일이고, 자신에게 화해의 손을 먼저 내미는 일이라서
되도록 뒤로 미루고 싶다. 오늘 정신과 의사가 나에게
그 번거로운 일을 기꺼이 해주겠다고 해서 체념하고
병원에 다녀왔다. 그동안 아이는 자신의 담당 의사를
엄마가 독단적으로 만나는 것이 싫다고 해서 가고 싶은

마음을 여러 번 참았다.

　의사는 백 마디 말보다 더 정확한 검사지를 내
눈앞에 내밀었다. 〔나는 자주 자살하고 싶다〕라는 항목
옆, 〔네〕라고 적힌 네모 박스 안에 브이 자가 체크되어
있었다. 차오르는 눈물을 참으려는 찰나, 의사는
예상했다는 듯 티슈를 뽑아 손에 들려준다. 사실 의사를
만나면 제대로 한번 따져 물을 생각이었다. 딸이 약을
먹은 지 1년이나 넘었는데, 왜 도무지 나아지는 기미가
없는 건지. 이따위 검사보다 더 급한 무언가를 당신이
놓치고 있는 건 아닌지. 하지만 나는 누가 봐도 죄인의
모습으로 앉아 있다. 의사가 나에게 이렇게 말하는 것
같다.
　이것이 당신의 운명입니다. 그럴 리가요. 나는 못
들은 체, 없는 체하고 앉아 있다.

　남이 싫다는 짓은 안 했다. 누구보다 자존심이
강했다. 내가 싫은 것도 많았고, 싫은 사람도 많았고,
싫은 상황도 많았다. 솔직히 오만함과 이기심도 많았다.
이성보다 감성이 강했다. 사는 건 어려웠고 그래서

사람도 종종 가렸다. 그래서 때때로 외로웠다. 반대로 엉뚱한 짓도 하고, 싫은 사람과도 억지로 어울리고, 싫어도 좋은 척하고 살았다면 지금처럼 사는 게 고통스럽지 않았을까.

"아이의 우울증을 어디까지 알고 있나요?"
"우울증의 원인의 반 이상은 엄마 때문일 수도 있다는 사실을 알고 있나요?"
"앞으로 착실히 치료하면 경과가 좋아진다는 걸 믿고 계신가요?"
"우울증은 완치할 수 있는 병이라고 생각하십니까?"

집으로 돌아오는 차 안에서 울면서 나와 싸웠다. 아이의 고통을 모른 체했던 나와 싸우고, 막연하게 희망만을 얘기했던 나와도 싸웠다. 아이가 힘들어할 때마다 나를 힘들게 하는 아이를 원망했던 나의 멱살을 잡았다. 마침내 그런 내가 싫어서 나의 뺨을 힘껏 때렸다. 정말 나는 지긋지긋한 인간이었다.

내 삶이 이렇게 된 게 내 탓만은 아니라는 것을 안다. 감정도 예전보다 느슨해졌다. 가진 것은 없지만 그만큼 홀가분하다. 외로움도 별다르게 느끼지 못한다. 자신을 원망하는 것도 점점 나아지고 있다. 그럭저럭 견딜 만하다. 하지만 두려움은 여전히 존재한다. 이 고통의 끝이 없을까 봐 무섭고 막막하다. 기억도 없고 더 이상의 환상도 없는, 과거도 미래도 없는 잠을 자고 싶다. 깨어났을 때는 모든 것이 불타 없어져 재만 남아 있었으면 좋겠다. 그런 다음 처음부터 다시 시작하고 싶다.

나는 감히 신에게 대듭니다. 당신이 정말 계신다면 나에게 왜 이러시는지 대답을 좀 해주시기를.

고독과
친구가 되었습니다

나는 강한 사람이 아니다. 정말 약해서 드는
생각인지 내가 자존감이 낮아서 드는 생각인지 잘
모르겠다. 어쨌든 얼마 전가지 친구와 갈등을 겪었다.
물론 갈등이 한창일 때 갈등 상대였던 친구는 이
사실을 전혀 눈치채지 못했고, 이를테면 혼자만의 난리
부르스였다.

그 사람이 싫은 건지 그 사람이 하는 말이 싫은
건지 역시나 잘 모르겠다. 짐작에는 그 사람이 평소에
하는 말이 싫어서 그 사람까지 싫어진 게 아닐까 싶다.
저 사람에겐 당연한 일이 나에게는 왜 이토록 어려운
고난의 과정을 거쳐야만 가능해질까. 심술보가 덕지덕지

붙은 저 사람은 왜 매번 신의 보호를 받는 걸까.

나에게는 '아뿔싸, 내가 그럴 줄 알았다' 하는 일이, 저 사람에게는 늘 천만다행한 일로 결론이 나는지 언제나 의문스러웠다. 내가 상처를 입은 이유는 다름 아닌 비교 때문이다. 이렇게 나를 자기 파괴적이고 찌질한 생각에서 벗어나지 못하게 만드는 사람은 바로 30년 지기 친구다. "바람에 날려 떨어지는 꽃잎보다 더 가볍다는, 사람의 마음을 믿고 정을 나눈 세월을 생각하면 감회가 새롭다"는 일본의 수필가 요시다 겐코의 말은 이럴 때 쓰는 말이라는 생각이 든다. 서로를 속속들이 잘 아는 사이는 무섭다.

귀밑 3센티 단발머리가 나에게 얼마나 안 어울리고 촌스러운 모습이었는지를 직접 본 사람. 내 첫사랑의 상대가 이제 막 코찔찔이 티를 벗은 까까머리였다는 것을 아는 사람. 그런 사람이 제일 위협적이다.

세상은 그런 사람들을 다르게 표현하기도 한다. 무슨 말을 해도 척척 알아들을 사람이라고. 마치 내 마음속에 들어갔다 나온 것처럼 마음을 알아주는 존재라고. 틀린 말은 아니지만 잘못하면 상대에 대한 편안함이 상대에 대한 무시로 변한다. 상대에 대한

배려를 쉽게 생략하면서 가장 가깝지만 가장 상처 주기
쉬운 사람으로 변질된다. 오래 알았고 그만큼 믿었던
사람이기에 상처의 깊이는 당연히 깊다.

"넌 참 운도 없다."

"넌 참 팔자도 세다."

"안 그래도 힘든데 애까지 우울증이래?"

"애가 그렇게 될 때까지 몰랐어?"

"어떡하니, 그거 고질병인데."

친구는 언제나 준비가 안 된 나에게 일격을 날린다.
연타를 맞고 정신을 못 차리다가 문득 생각했다.

맞설 것인가. 고독 속으로 들어갈 것인가. 여기에서
뒤를 보이면 패배를 인정하는 꼴이니까 끝까지 맞서
싸우는 용감한 파이터가 되어야 한다고, 지금부터라도
복수의 칼을 갈며 싸움의 기술을 연마해야 한다는
사람들의 말을 들으며 계속해서 고민했다.

당장 직면한 문제는 싸움의 기술을 연마할 때까지
계속 공격을 받을 수도 있다는 걸 고려해야 한다는
사실이다. 과연 그럴 필요가 있을까? 그렇게까지 친구

관계를 유지할 가치가 있는 사람일까?

사람이란 다른 사람의 불행을 보면서 자신의 안위를 확인하는 존재다. 나에게는 불행한 일이 일어나지 않을 거라는 확신을 어딘가에서라도 찾아내고는 안심한다. 자신에게도 일어날 수 있는 일이라고 생각하며 살아간다면 불행이 오히려 비껴간다는 사실을 잘 모른다. 그런 지혜를 가진 사람은 찾아보기 힘들다.

나는 누구와도 싸우지 않고 고독으로 들어가기로 했다. 그렇다고 마음이 바다와 같이 넓은 괴짜도 아니고 사람들에게 무시당할 만한 사람도 아니다. 단지 고독을 새로운 친구로 삼았을 뿐이다. 막상 혼자가 되어보니 혼자라도 매우 즐겁다. 오히려 에너지를 충전할 시간이 확보됐다. 타인에 대한 기대와 실망을 접고서 온전히 나 자신으로 존재하게 됐다. 나는 너무나 소중하다.

만약 새벽이나 한밤중에 그리고 기쁠 때나 슬플 때 읽을 만한 좌우명 같은 것을 원한다면, 당신은 당신 집 벽에 햇빛 아래서는 금빛으로 빛나고 달빛 아래서는 은빛으로 빛나는 글자로 다음과 같이 써두면 좋으리라. 나에게 일어나는 일은 타인에게도 일어나리라.

– 오스카 와일드

Chapter 3

이 병
치료가 되는 걸까?

엄마, 업어줘

오늘의 기분 | 비 🌧

"엄마, 업어줘."

요즘 하루에 한 번씩 딸이 꼭 하는 말이다.

'엄마는 몰랐겠지만, 엄마 때문에 많이 힘들었었어'

'자꾸만 업어주면 앞으로 조금씩 좋아질 것 같아'

이 해석이 맞을까.

세상이 아이에게 부여한 나이는 스물세 살.

아이는 그 숫자를 거부하고 세 살로 살고 싶은 것 같다.

업어주고 싶어도 이젠 아이 몸집이 커져서 업기가 벅차다.

지금에 와서야 마음껏 업어주지 못한 시절을 후회하고 있다.

그때가 정말 좋았었구나.

딸의 내면에는 두 개의 다른 자아가 있다.

이제 막 걸음마를 시작한 어리광이 많은 아기와 힘겹게 우울을 건너는 이십 대의 여자.

잃어버린
로드맵

좋은 엄마가 되기 위해 아무것도 하지 않아도 되었지만 나는 너무 많은 것을 시도했다. 그중에 가장 열심히 한 일은 현재를 담보로 미래를 계획하는 일이었다. 내 마음은 언제나 끓는점에 도달해 있었다. 부글부글 끓어올라 마음 안에 수증기가 꽉 찼고, 그 열기와 습기를 어쩌지 못했다. 풍선이라도 열심히 불지 않고는 해결할 방법이 없었다. 풍선을 들고 서 있을 주인공인 딸에게도 불어야 할 풍선을 끝없이 가져다주었다.

열기는 열정이었고 습기는 욕심이었다. 풍선을 부는 동안에도 해야 할 일을 못 하는 것처럼 불안하고

외로웠다. 풍선을 불수록 더 크게 불고 싶어서 안달이
났고 점점 숨이 찼다. 알록달록한 풍선이 아이의 인생을
데리고 하늘로 두둥실 날아오르게 해줄 것 같았다.
풍선은 커질수록 터지기 쉬운 운명을 타고났지만 내가
불어놓은 풍선이 허무하게 터질 거라고는 생각하지
못했다. 게다가 이렇게 큰 소리를 내면서 터질 줄은
꿈에도 몰랐다.

풍선이 터진 후 모든 것이 멈췄다. 아이는 완전히
길을 잃은 것 같다. 아니 솔직하게 말하면 길을
잃어버린 것은 나다.
딸의 일이라면 지나칠 정도로 신경을 쓰고 참견했다.
내가 놓친 꿈을 아이에게 맡겼던 냉정하고 차가운
엄마였다. 풍선을 불어서 근사한 곳에 전시하고 싶다는
생각만 했을 뿐이다. 정작 아이에게는 힘이 들지는
않은지, 마음이 괜찮은지, 물어볼 생각을 못 했다는
것을, 낯선 곳에서 길을 잃고 나서야 알게 됐다.

되돌아오기에는 너무 늦어버린 걸까.
아이는 길을 잃어버렸다는 사실이 나만큼 두렵지는

않을 수도 있다. 갈림길에서 선택의 어려움을 느낄 수는 있겠지만, 이미 이겨나갈 힘을 가졌는지도 모를 일이다. 겁을 내는 건 언제나 한심한 엄마일 뿐. 오히려 아이는 자신이 서 있는 길 위에서 엄마의 손을 놓고 싶은 것일지도 모른다. 기쁨과 슬픔, 희망과 절망까지 모조리 자신이 책임지겠다고, 그러니 이제는 자유를 찾아 길을 떠나겠다고 선언하는 것일지도 모른다. 자신은 절대 길을 잃은 것이 아니라고.

우리는 길을 찾을 거야. 아이는 금방 회복할 거야. 내 딸이 왜?

잃어버린 길 위에 서서 혼잣말을 해봤지만 나는 고독했다. 그렇다고 내 삶이 온통 고통만은 아니다. 풍선이 터져버린 것도, 그래서 결국 길을 잃어버린 것도, 지금의 난감한 상황을 만든 것도 결국 나라는 것을 이제는 겸허히 받아들인다. 고통은 끊임없이 나에게 말을 건다.

"나 좀 봐. 내 이름은 바로 네가 만든 고통이야."

보면 볼수록 괴롭지만 피하지는 않는다. 힘이 들면 눈을 돌려 일상에 숨겨진 희망을 찾아본다. 지난 겨우내 입었던 코트의 주머니 속에서 오래된 오백 원짜리 동전 두 개를 발견하는 순간 같은, 작고 소소한 기쁨으로 가는 지름길. 그게 진짜 인생의 로드맵일지도 모른다.

눈물일까?
콧물일까?

　나는 스스로 감옥을 만들어 그 안에 갇혔다. 감옥의
이름은 죄책감이다. 죄책감이라는 감옥은 거의 지옥에
가깝다. 이 감옥은 누군가가 문을 열어주는 법은 절대
없고 스스로 문을 열고 나올 수밖에 없다. 마음속 감옥
문은 그래서 더욱더 무겁다.

　아이가 모를 거라고 생각한 적도 있지만 지금은
확실히 알고 있다고 생각한다. 엄마가 얼마나 자신의
눈치를 보는지 말이다. 오래전부터 알고 있었지만
지금은 일상이 돼버려서 아는지 모르는지 의식조차 못
하고 있는지도 모른다. 이건 어디까지나 내 생각이다.

　내가 이런 생각을 하게 된 이유는 매일 벌을 받는

기분이 들기 때문이다. 내 입장에서는 눈치를 보고
있다고 생각하지만, 당사자인 딸은 의외로 엄마에게
감시받고 있다고 생각할지도 모른다.

　　"엄마는 내 일거수일투족에 간섭하고 싶어서 참을 수가

　　없어? 그렇다면 어디 해볼 때까지 해봐!"

　　이런 심정으로 엄마의 고통을 은근히 즐기며
지켜보고 있는 것 같다. 그런 생각에 도달하면 나도
나를 미워하는 일에 돌입한다.

　　딸은 오늘따라 계속 훌쩍거린다. 감기에 걸린 건지
아니면 그냥 우는 건지 궁금해서 견딜 수가 없다.
티슈를 뽑아 코를 풀다가 안 되겠는지 욕실에 가서
세수를 하고 나오는 것 같다. 아무 일도 없고 아무것도
궁금하지 않은 척 무심한 얼굴로 위장하고선 슬쩍 식탁
의자에 궁둥이를 붙이고 앉았다. 방으로 들어가는
딸의 얼굴을 확인하고 싶어서다. 나란 사람이 이렇게
어지간히 지긋지긋한 사람이다. 이런 지경이니까
자책을 안 할 수가 없는 것이다.

얼마 전 책에서 〈아이에게 고통을 주는 엄마의 일곱 가지 유형〉을 읽었다. 무려 다섯 가지 항목이 나와 일치했다. 딸을 위해서라면 뭐든지 하고야 마는 엄마, 딸에게 어리광을 부리며 매달리는 엄마, 뭐든 해낼 수 있다면서 슈퍼우먼 흉내를 내는 엄마, 자식에게 몰입하느라 자신의 인생을 돌보지 않는 안쓰러운 엄마, 마지막으로 모순투성이 잔소리꾼 엄마다.

나는 딸을 위해서라면 부끄러움도 없이 무슨 일이든 덤빌 준비가 되어 있다. 그런 나를 아이가 알아주기를 바랐다. 한편으로는 무슨 일이든 척척 해내는 만능 엄마가 되고 싶었다. 그러다 보니 항상 내 인생은 뒷전이 되었다. 어이없게도 가끔은 그런 나 자신이 자랑스러웠던 적도 있었다.

나는 요즘 죄책감 감옥에서 매일 반성문을 쓴다. 인생이란, 적당한 때에는 나아갔다가 때가 아닐 때는 물러서는 검도와 같다고 했다. 덤비는 때를 잘못 알면 백전백패한다. 한 걸음이면 이길 수도 있고 질 수도 있는 인생 게임에서 나는 지금 완전히 물러나 있어야 한다. 이제는 딸의 인생을 멀리서 조용히 응원만 하는 수다스럽지 않은 팬으로만 살아야 한다.

　인생의 겨울이 유난히 길었다. 아무리 지루한 겨울이라고 해도 결국 봄은 온다. 겨울이 길었던 만큼 봄은 더욱 설렐 것이다. 꽃샘추위가 아무리 기승을 부려도 마음의 감옥에도 언젠가 꽃은 핀다.

때로는
이런 날도 있어야지

　아이는 꽃같이 예쁘다. 꽃들의 무리 속에서도
진한 향기로 존재를 과시하는 노란 프리지어 같다.
프리지어의 꽃말처럼 천진난만하고 순수하다. 프리지어
같네. 향기가 있네, 없네 하는 말로 자신을 표현했다는
것을 알게 된다면 눈을 흘기고 온몸에 소름이 돋는다는
과격한 표현을 하게 될 게 분명하다. 그러거나 말거나
나는 내 딸을 꽃으로 비유하는 게 참 좋다.

　어느 날 갑자기 딸의 엄마가 되면서 나는 슈퍼
맘으로 재탄생하려고 노력했다. 딸이 원하는 것은
무엇이든 다 해낼 수 있는 파워가 넘치는 엄마가 되기로

마음을 굳힌 건 내가 처한 상황도 한몫했다. 아빠가
비운 자리를 어떻게든 채워야 한다는 강박이었다.
아빠가 비워둔 공간이기에 그 자리를 채우려면 힘이
세고 든든한 존재가 필요했다. 그 역할을 맡아서 할 수
있는 사람은 엄마뿐이다.

아빠와 엄마의 역할을 다 잘 해내려고
고군분투했지만, 결과적으로 두 역할에 모두
실패했다는 사실을 지금은 인정할 수밖에 없게 됐다.
한편으로는 딸에게 알파걸이 되어야 한다고 부추겼다.
리더십과 자신감으로 똘똘 뭉친, 이름만으로도 기본을
뛰어넘고 플러스알파를 이루어 낼 것만 같은 여성.
하지만 그 안에도 모순은 존재했다.

"여자애가 그게 뭐니?"

"여자애 방이 왜 이렇게 더럽니?"

여자다움을 강요받으며 자란 내가 어느 순간부터
아이에게도 똑같은 걸 요구하고 있었다. 아빠가 부재한
가정에서 외동딸로 자란 아이는 생물학적으로나
가정에서나 남성과 여성의 차이를 배울 기회가 적었다.

교과서에도 학교에서도 제대로 가르치지 않았다. 나 또한 여성과 남성의 차이를 정확히 인식한 사람이 아니었기 때문에 알려주는 데 한계가 있었다.

긴 머리카락을 몰래 잡아 뜯거나 치마를 들추는 남자애들을 보면서 남녀의 차이를 배우기 시작했을 것이다. 자신이 가진 힘을 과시하는 것으로 '남성'이라는 사실을 확인하려는 또래 남학생들에게 조금씩 부정적인 감정이 싹텄던 것 같다. 여성성이 짙어지면 내 마음대로 할 수 없다는 억압의 느낌이 들면서 자연스럽게 남자를 경쟁의 대상으로 생각하게 된듯하다. 고분고분, 아기자기, 상냥함, 애교 같은 것은 쓰레기통에 처박아 버리고 무뚝뚝하고 과격한 사람으로 살기로 작정이라도 한 것 같다.

그런 아이가 오늘따라 오랜 시간 거울 앞에 있다. 세팅기를 꺼내 머리를 손질하고 아이라인에 마스카라까지 그야말로 풀 메이크업이다. 우울증이 심해지고 나서는 1년에 한두 번밖에 볼 수 없는 귀한 광경이어서 내심 기쁜 마음이 든다. 아이가 팽개쳤던 여성성을 되찾기를 바라는 마음에 기쁜 것은 절대 아니다. 지금은 무엇보다 전환이 필요하다. 기분

전환이든 분위기 전환이든 그게 무엇이든 바뀔 수
있다면 이런 식의 외출은 필수다.

　이왕 이렇게 된 이상 욕심을 부려본다. 딸이
누군가와 사랑에 빠졌으면 좋겠다. 발그레한 볼을
하고는 "엄마! 좋아하는 사람이 생겼어!"라고 말하는
날이 빨리 왔으면 좋겠다. 부끄러워하지도 말고,
사랑받기 위해 노력하는 일을 쪽팔려 하지도 말고,
불같은 질투의 감정도 품어봤으면 좋겠다. 사랑하기
위해 하는 모든 수고를 귀찮아하지 말고, 예상보다
짧은 설렘의 감정에 당황도 해보기를 바란다. 사랑하는
사람에게 어이없는 배신도 당해보고, 아픈 이별의
주인공도 한 번쯤은 맡았으면 좋겠다.
　사랑에 빠졌을 때, 그 사랑은 솜사탕처럼 부드럽고
달콤하다. 달콤함을 잊지 못해서 다시 다른 사람을
찾아 헤맨다. 아무짝에도 쓸모없는 세월을 보냈다고
생각하지만, 시간이 지나면 알게 되는 것들은 의외로
많다. 사랑에 빠져서 보낸 시간이 특히 그렇다. 오래된
일기장을 들춰보면 그때의 시간이 가르쳐준 것들이
많다는 것을 깨닫듯이 사랑은 끝날 때마다 자신을

한 뼘씩 성장시킨다. 오늘의 외출이 훗날 되새기며 추억할 거리를 만드는 날이 되기를 바란다. 자신이 지닌 감수성을 소름 돋게 싫어하는 여성성과 동일시하며 무조건 밀어내지 말고 특유의 감수성을 발휘해 인생을 조금 더 풍요롭게 살기를 바라본다.

싫다는 아이를 억지로 붙잡아 사진 한 장을 찍었다. 예쁜 딸의 모습을 간직하고 싶은 마음에 인스타그램에 남겼다. 두고두고 보면서 흐뭇해할 것이다. 그나저나 인스타 계정을 딸에게 들키면 안 되는데….

호르몬의
장난

오늘의 기분 | 흐림 ☁

　의연한 마음을 갖기란 참으로 어렵다. 세상은
세상대로 시끄러운 모양이지만 나는 세상의 시끄러움을
느낄 겨를이 없다. 그보다 내 안의 소란함이 더 커서
그걸 잠재우는 것만으로도 기진맥진하기 때문이다.

　무엇으로도 위로가 되지 않을 때, 나는 나보다 훨씬
더 큰 고통을 겪은 사람들의 이야기를 찾아 읽는다.
자식의 죽음이나 다시는 만날 수 없는 가족의 이야기
같은 것들이다. 감히 명함조차 내밀지 못하는 이야기를
읽으면 상대적으로 내 고통은 작아진다. 하지만 인간은
얄팍한 존재다. 책의 마지막 장을 덮는 것과 동시에
잊고 있었던 내 고통이 또다시 엄습한다.

오늘도 이 일기는 신세 한탄이 담길 예정이다. 신세 한탄이지만 고백이기도 하다. 내가 이렇게 아프다는 호소이자, 내가 아이를 아프게 한 장본인이라는 자백이다.

한 달에 한 번, 호르몬이 요동치는 생리 날은 비상시국이다. 아무 생각 없이 딸에게 말을 붙였다가는 신경질로 되받아치는 통에 정신이 혼미하거나, 그게 아니면 말을 붙일 시간도 주지 않고 온종일 잠들어 있다. 수면 시간이 비상식적으로 길어지면 아이가 숨을 쉬고 있는지 들여다보고 싶어진다. 그것 또한 눈치가 보여서 한참 동안 닫힌 문만 째려본다.

치료 약이 개발되지 않은 병은 약이 개발될 때까지 끝없는 기다림에 지치기 마련이다. 약이 개발되기만 하면 호전될 수 있다는 희망은 살아 있다. 그 희망 때문에 끝까지 버티기도 하고, 버티다가 자가 치유의 기적을 만나기도 한다. 나와 딸은 그런 면에서 절망적이다. 일주일에 한 번씩 약을 처방받지만 달라지고 있다는 것을 전혀 느끼지 못한다. 약을 먹는 당사자에게 묻기도 했지만 아이는 항상 잘 모르겠다는 대답만 해줄 뿐이다. 치료의 효과는 치료받는 사람의 의지에 달려 있다는 말을 의사에게 들으면 화가 난다. 그걸 모르는 사람이 어디 있을까.

아무 말이나 막 하고 싶은 날이 있다. 오늘이 바로 그런 날이다.

"너에게 할당된 네 몫의 삶을 죽이 되든 밥이 되든 네가 알아서 살아. 될 대로 돼버려!"

내가 이런 말을 하고 싶을 때는 대부분 아이가 보내는 무언의 메시지를 해석하지 못할 때다. 살려달라는 건지. 가만히 내버려 두라는 건지. 해석이 불가능한 메시지 앞에서 나는 바보 멍청이가 된 것 같다. 아이는 트라우마를 겪으며 이전과는 다른 삶을 사는 중이다. 나 또한 지금 트라우마를 겪는지도 모를 일이다.

이 돌림 노래를 멈출 방법은 무엇일까. 상처 없이 살 수 없는 세상에서 고통스러운 돌림 노래를 멈출 수 있는 유일한 방법으로 내가 선택한 일은 상처를 들춰 보여주는 일뿐이다.

난 괴로워요.

난 아파요.

내 딸은 우울증 환자입니다.

나는 바보 멍청이입니다.

우리도 있다,
고양이

오늘의 기분 │ 맑음 ☀

인생에 아무런 흥미도 없이 모든 날이 무의미하게 스쳐 지나가는 것 같을 때가 있다. 때로는 힘겨운 시간이 닥쳤을 때도 그것만 생각하면 입가에 저절로 미소가 번지고 아무리 생각해도 지겹지 않을 무엇이 우리에게 생겼다.

바로 고양이다. 고양이는 얼마 남지 않은 통장 잔고를 털어 쓰더라도 하나도 아깝지 않을 대상이자, 생각만으로도 기적처럼 위안이 되는 존재다. 그런 고양이가 우리 집 식구가 되기까지는 나름의 사연이 있었다. 평소의 나였다면 엄두도 내지 못할 일이었다. 고양이의 집사로 살아보겠다는 결심은 순전히 우울증으로 힘든 시간을 견디는 딸아이 때문이었다.

반려동물을 키우는 일은 생각보다 무거운 책임감을 느껴야 하는 일이다. 시간에 맞춰 밥을 챙겨주고, 때에 맞춰 예방 접종을 하고 비싼 병원비를 감당할 능력까지 갖춰야 하므로 내 인생과 동물을 묶어서 생각해 본 적이 없었다.

어릴 때부터 고양이 사진을 자주 들여다보는 딸을 종종 목격했다. 간식을 사서 길고양이를 챙겨 먹이는 것도 알고 있었지만 딱 거기까지였을 뿐.

"엄마, 고양이 너무 귀엽지? 우리도 키우면 안 돼?"

딸이 말할 때마다 못 들은 척했었다. 솔직히 고양이의 행복보다는 내 딸의 행복을 위해서라면 뭐든지 하겠다는 마음으로 시작한 일이었다. 고양이를 볼 때면 귀엽다고 생각은 했었지만, 그건 미술관에 걸려 있는 모네의 그림을 보는 마음과 같았다. 너무나 아름답고 근사하지만, 그림을 집으로 가져온다는 건 현실과는 완전히 동떨어져 엄두가 나지 않는 일인 것처럼, 고양이도 내 인생하고는 별개의 존재였다.

막상 고양이와 함께 살기 시작하면서 고양이의 매력에 흠뻑 빠져 허우적대는 건 다름 아닌 나다. 주인을 향해 무서운 집착을 보이는 개와는 다른 고양이만의 독특한 매력이 있다. 고양이는 목소리가 작고 조용하다. 어쩌다 들리는 고양이의 울음소리를 듣고 있노라면 천사의 목소리가 이런 소리가 아닐까 하는 생각마저 든다. 고양이는 조용한 기다림의 동물이다. 배가 고프면 밥그릇 앞에서 아무 말 없이 한참을 기다린다. 그 한참이 생각보다 길어서 뒤늦게 알아차린 집사의 입장에서는 그 모습이 안쓰럽고, 미안하고, 애처롭고, 사랑스럽다. 아무리 기다려도 밥을 주지 않으면 조용한 발걸음으로 다가와 눈을 동그랗게 뜨고 집사를 바라보며 딱 한 번만 길게 '야옹' 한다. 이러니 사랑할 수밖에 없는 동물이다.

오랜 시간 창밖을 내다보는 고양이의 뒷모습을 바라보면 고독이 무엇일까 생각하게 된다. 무언가를 오래도록 기다리는 고양이를 보면서 무엇이든 오래 기다리지 못하는 나를 반성하게 된다. 먹을 만큼의 사료를 먹고 만족하는 고양이를 보면 욕심에 허우적대는 자신이 부끄러워진다.

부드러운 털을 쓰다듬으면 이유 없이 화가 나고 뾰족했던 마음이 금방 말랑해진다. 누군가의 위로가 필요한 순간 내 옆에서 잠든 고양이를 보면 따뜻한 온기가 나를 감싸고 있는 것만 같아서 저절로 위로가 된다. 유난히 나에게만 불친절한 세상에 이리저리 부딪히고 돌아온 날, 현관 앞까지 마중을 나와 아무 말 없이 꼬리를 치켜세워 주면 그 스위트함에 몸이 당장이라도 녹아버릴 것 같다. 인간이 따라 할 수 없는 포즈를 아무렇지도 않게 하거나, 배를 하늘로 향하고 사람처럼 큰대자로 자는 모습을 보면 웃을 일은 없을 것 같은 일상에 웃음을 선물해 준다.

딸이 고양이와 함께 있는 모습을 바라보면 우울증이 완전히 나은 것 같은 착각이 든다. 딸이 웃을 때는 고양이를 바라보고 있을 때고, 고양이가 가장 신이 났을 때는 딸이 놀아줄 때다. 둘은 떼려야 뗄 수 없는 찰떡궁합이다. 아침이면 고양이의 사료를 채워주고 고양이의 화장실을 청소한다. 자신을 돌보는 일에도 소홀했던 아이가 고양이를 돌보느라 바쁘다. 자신보다 연약한 존재를 보살피고 교감을 한다. 외출하면 전화를 걸어와 고양이의 안부를 묻는 것도 일상의 큰 변화다.

나는 그런 변화가 놀랍고 행복하다. 세상의 모든 근심을 모르고 사는 듯한 고양이 덕분에 우리도 세상의 온갖 고민거리를 조금씩 잊어가고 있다.

아이는 살아가는 내내 사람들에게 이해받기 위해 안간힘을 써야 할지도 모른다. 진실을 가장한 사람들의 말에 속아서 허탈한 날을 보내게 될 수도 있다. 제발 내 말 좀 들어달라고 외쳐야 하는 날도 있겠고, 사람들이 나를 어떻게 생각할까, 나를 싫어하지는 않을까 남들의 시선에 신경을 써야 할지도 모른다.

힘겨운 날, 어딘가에 숨고 싶을 때, 쉴 곳이 필요하다면 단연코 고양이다. 끝까지 함께 있고 싶은 존재도 고양이가 될 것이다.

또 다른 전쟁,
다이어트

오늘의 기분 | 흐림 ☁️

다이어트. 내게 너무나 익숙한 영어 단어다. 내
다이어트의 역사는 나이 50이 넘은 지금까지 유구하게
흐르고 있다. 이제는 지겨울 만도 한데, 아직도
완전히 다이어트에서 벗어났다고 말하지는 못하겠다.
다이어트에 대한 기억을 더듬으면 언제나 만나게 되는
문장 하나가 있다.

기골이 장대하다.

나는 이 문장을 끔찍하게도 싫어했다. 오랜 세월이
흘렀지만, 여전히 충격적이다. 키가 크고 뼈대가 굵은

내 몸을 저주하게 된 것도 이 문장 때문이다. 을지문덕 장군이나 이순신 장군의 용감한 용모를 표현할 때나 써야 할 이 문장을 사춘기의 소녀에게 서슴지 않고 했던 사람에게 천벌을 내려야 한다.

170cm의 키는 그 당시 흔치 않은 키였다. 그만 좀 크면 좋겠다고 늘 생각했다. 자꾸만 커져 급기야 사람들의 눈에 잘 띄는 여자가 됐다. 키가 작았던 한 남학생이 자신의 작은 키를 정당화하기 위해 했던 말일 텐데, 기골이 장대하다는 그 말을 나도 모르게 뼈에 새기고 살았던 것 같다. 그때부터 바람이 불면 날아갈 것 같은 여리여리한 몸매의 여자를 동경하기 시작했다.

실제로 몸이 말랐던 적도 있었다. 음식을 절제하며 몸매를 다듬었던 이십 대 시절과 갑상샘암으로 투병 생활을 했던 때다. 홀쭉해졌다고 해서 인생이 완전히 달라지지는 않았다. 평소보다 자신감이 조금 더 생기고 사이즈에 제한 없이 예쁜 옷을 사 입을 수 있었다는 것은 기쁜 일이었지만, 완전히 새로운 세상을 가져다주지는 못했다. 오히려 또 다른 괴로움을 주었다. 다시 기골이 장대해질까 봐 노심초사하게 된 것이다.

남과 다름을 추구하며 개성 있는 모습으로 살고 싶었다. 내가 이루지 못한 꿈을 고스란히 딸에게 맡기고 날씬하고 남다른 개성을 가진 여자가 되기를 바랐다. 딸은 예술고등학교를 진학하고, 건강한 음식보다는 입이 즐거운 음식을 찾게 되면서, 조금씩 살이 올라 교복이 작아지기 시작했다. 기골이 장대해질까 봐 두려웠는데 실제로 기골이 장대해지는 것이 내 눈에 보였다. 우울증과는 별개의 또 다른 전쟁을 선포해야 했다.

세상에는 살이 찌는 것을 전혀 문제 삼지 않는 사람들이 훨씬 더 많다. 살이 쪘다고 고민하는 사람들은 살이 찐 것을 낮게 평가하는 사람들의 말에만 신경을 쓴다. 그런 사람들에게 "쓸데없는 참견은 넣어둬!" "내가 살찌는데 네가 도와준 거 있어? 신경 꺼!" 이 한마디면 될 텐데. 오히려 그런 말을 하는 사람들에게 정신을 빼앗겨 인생에 영향을 받는 어리석은 사람으로 살라고 딸에게 가르치고 있었다.

걸그룹처럼 날씬해지면 바닥으로 떨어진 자존감을 회복할지도 모른다고 생각하며 아이를 압박했다. 어떤 모습을 하더라도 충분히 사랑받는 존재라고

말해주지 않은 비정한 엄마였다. 뚱뚱해도 괜찮다는
말을 왜 하지 못했던 걸까. 딸은 다이어트에 몰입하고
노력할수록 성공하지 못할까 봐 두려워했다. 엄마가
원하는 몸무게를 만들지 못할까 봐 겁을 내고 있었다.
다이어트의 지름길은 다이어트를 해야 한다는 강박에서
벗어날 때 비로소 보이는 것이라는 사실을 몰랐다.

다이어트에 있어서 만큼은 딸의 가르침을 받고 있다.
나도 최근에는 다이어트를 완전히 포기해도 괜찮다고
생각하기 시작했다. 날씬해야 한다는 강박관념으로부터
벗어나고 그동안 한 번도 느껴본 적 없는 후련함을
느꼈다. 딸은 자신을 인정하지 않는 사람에게 인정을
받기 위해 무리한 다이어트를 하지 않겠다고 선언했다.
그런 일로 자신을 불행하게 만들지도 않겠다고도
했다. 쓸데없는 기대와 무의미한 희망에서 벗어날
용기를 내고 싶다고 했다. 완벽해야 한다는 강박에서
벗어나겠다는 의지를 보였다. 다행스럽게도 딸은
나에게 없는 지혜가 있었다. 다이어트를 포기한다고
해서 인생을 포기하는 것도 아닌데, 포기라는 단어에
왜 그렇게 민감하게 굴었는지 모르겠다. 아이가 분명한

어조로 말했다. 포기하면 안 되는 것들은 따로 있다고.

- 의미 있는 도전
- 인간답게 사는 것
- 받을 것을 계산하지 않고 주는 마음
- 불의에 저항하는 마음 같은 것들

이 세상엔 포기하면 안 되는 중요한 것들이 많다고 말했다. 부끄러웠다. 그동안 철들지 않은 채 어른이 되고 엄마가 되었다. 나를 표백제에 담갔다가 얼마간의 시간이 지나길 기다린 다음, 있는 힘껏 치대고 빨아서 깨끗한 물에 여러 번 헹구고 싶다. 할 수만 있다면 그렇게 하고 싶다. 빨고 나면 훨씬 괜찮은 사람이 될지도 모른다.

평범한 일상을
바랍니다

오늘의 기분 │ 흐림 ☁

　힘겨운 시간은 더디게만 흘러가고, 행복하고 즐거운 시간은 눈 깜짝할 사이에 흘러간다. 이렇게 느끼는 건 역시 인간의 간사한 마음 때문일 것이다. 아이에게 우울증이 찾아오고 시간은 한없이 느리게 흘러가는 것 같다. 약을 먹기 시작한 지 2년이 되어가면서 기분이 어떠냐는 질문에 자세하게 대답을 해주기 시작했다. 이 점은 딸에게 정말 고맙게 생각한다.

　아이는 요즘 즐거운 기분을 유지하려고 애를 쓴다. 우울증에 걸리지 않은 사람들보다 더욱 열심히 무언가에 몰입하려고 노력한다. 나는 그것이 달갑지 않다. 긍정적인 변화로 여길 수도 있지만, 아이가 하는 온갖 노력이 안 되는 일을 하겠다고 기를 쓰는 것처럼 보여서 안타깝다. 나는 그럴 필요가 전혀 없다고 말해준다. 마음을 지배하는 모든 것을 내려놓고 인생을 즐긴다는 마음으로 일상을 살아보자고 다독인다. 아이는 이런 나의 변화가 아직은 어리둥절한 모양이다. 엄마가 적극적으로 변하지 않으면, 아이가 먹어야 할 약은 늘어나고 고생은 더 길어질지도 모른다는 생각이 들었다. 우선 내 마음부터 바꾸기로 했고, 그런 내 마음의 변화를 적극적으로 알리려고 노력했다.

행복한 시간은 왜 그토록 짧고 덧없을까.

돌아보면 소중했던 시간은 항상 바로 지금, 이 순간이었던 것 같다. 밤낮이 바뀌어 엄마를 고생시키던 아기가 어느 날 아장아장 걸어 다니며 방과 거실 할 것 없이 벽에다 그림을 그려놓더니 어느새 그림을 전공하는 대학생이 되었고, 우울증이라는 조금은 난감한 병으로 고생하고 있다. 나의 기쁨과 슬픔의 모든 순간을 선물로 준 딸이 어느덧 스물세 살이 되었다. 정말 세월은 빠르게 흘렀다. 아이가 크는 동안 나는 콩밭 매는 아낙네의 심정으로 인생이라는 밭에 씨를 뿌렸다. 누구보다 열심히 뿌린 씨앗이다. 내가 흘린 땀이 아까워서 하나라도 놓치면 큰일이라는 심정으로 수확에 열을 올렸다.

한참 성취와 열망에 들떴던 때였다. 하지만 안타깝게도 내가 살아야 할 인생은 뿌린 대로 거두는 인생은 아니었다. 어린 시절에는 운명이라는 단어가 와닿지 않았다. 사람들이 운명을 거부할 수 없다고 말하는 게 듣기 싫었다. 내 힘으로는 거스를 수 없는 거대한 힘이 작용하는 것 같아서, 될 수 있으면 거리를 두고 싶은 단어였다. 하지만 뉴스를 통해 어찌할 수 없는 세상을 보면서 적당히 받아들였고, 내 인생에도 그런저런 일들이 생기고부터는 어쩔 수 없는 운명론자가 되었다.

내가 어찌할 수 없는 경험들이 쌓이면, 결국 기대치가 낮아지면서 어쩔 수 없이 생각이 전환된다. 상황이 달라지면 소망도 달라지고 크기도 작아진다. 평소의 그 사람이라면 하지 않을 선택을 하기도 한다. 그런 이유로 내가 그 사람의 입장이나 상황이 되어보지 않고는 그 사람의 선택을 함부로 비난해서도 안 되는 것이다.

어찌 되었든 나는 지금 변하고 있다는 뜻이다. 요즘 잊지 않고 생각하고 또 생각한다.

- 좋아지고 싶다는 미련을 버리고 더 나빠지지 않는다는 것에 집중하기
- 말실수를 줄이려고 노력하기
- 딸을 지켜보는 엄마의 고충을 솔직하게 말하기
- 힘내라는 말을 습관적으로 하지 않기
- 아이를 깨지기 쉬운 유리그릇으로 대하지 않기
- 감시당한다는 느낌이 들지 않게 과하게 응시하지 않기
- 자살이나 자해에 대해 이야기를 하는 것에 태연해지기
- 이런 생각들을 하다 보면 처한 현실이 또렷해져서 눈물이 나지만 오래 슬퍼하지 않기
- 평범하게 사는 일상의 소중함을 잊지 않기

부모의
분리불안

누군가에게 기대어 울고 싶은 밤이다. 내가 내 삶을
얼마나, 어떤 방식으로 망쳐놓았는지 다그쳐 묻지 않을
사람에게 기대어 울고 싶다. 울다가 지치면 조금씩
말하고 싶다. 내가 나를 응시하며 알게 된 놀라운
사실들을 말이다.

그동안은 타인의 관점에 의해 내가 누군지를
희미하게 결정했을 뿐, 스스로 내 마음을 들여다보는
일은 좀처럼 없었다. 내가 나를 이제서야 알게 됐다.
안다는 것이 아무 의미가 없어진 때에 알게 된 건
아닌지 걱정스러웠다. 인생에서 욕망과 어리석음이
없다면 클라이맥스 없는 영화나 앙꼬 없는 찐빵

같을 거라고 누군가가 말했다. 하지만 그건 욕망과 어리석음이 자신에게만 머물렀을 때 하는 말이다. 나의 어리석음이 다른 사람의 삶을 망쳤을 때는 감히 그런 식의 비유를 하지 못한다.

나는 내가 부끄럽다. 지금까지는 바깥세상만을 바라봤다. 이제서야 내면을 보면서 정신을 차린다. 나는 절대로 괜찮은 부모가 아니었다. 내가 생각한 현명한 부모는 이랬다.

- 아이와 평등한 입장에서 대화하는 부모
- 아이에게 꼭 필요하다고 판단될 때 신중을 기해 꾸중하는 부모
- 아이가 느끼기에 명쾌하고 단호한 규율을 제시하는 부모

정작 나는 정반대의 부모였다. 권위적이고 공격적이고 권모술수에 능한 무자비한 부모였다. 단언컨대 무식하기 짝이 없는 부모였다.

모든 일이 나의 헛된 신념대로 흘러가려면 명령에 굴복하는 아이로 만들어야 했다. 그러려면 밑도 끝도 없는 무서운 엄마가 돼야 했다. 특히 나의

불행을 빌미로 죄책감을 조성하는 게 특기였다. 다른
아이들과의 비교는 매일 반복되는 일상일 뿐이었다.
아이의 시간을 통제하는 것은 물론이고, 사생활은
아이와 나란히 두면 안 되는 단어라고 생각했다.

　내면의 내면. 그 안에 불안과 절망 같은 것들이 함께
모여 있었다. 내면으로 들어가서 마주친 나라는 존재도
낯설었지만, 더 깊숙한 내면에 감춰진 것들은 모두 다
거짓말인 것 같았다. 나는 아이와의 분리를 두려워하고
있었다. 여간해서는 드러나지 않는 부모의 분리불안을
찾아내는 과정은 나를 깨뜨려 점점 작아지게 만드는
과정이었다. 얼마 전까지도 나는 아이를 조종하려고
시도했다. 외로움과 슬픔을 토로하며 함께 있어 주길
바랐다. 서로가 서로에게 의지하는 것만이 우리의
살길이라는 착각을 심어줬다. 아이와 나는 꼬일 대로
꼬여 풀기 힘든 실타래처럼 엉켜 있다.

　내가 분리불안을 느끼고 있다는 말을 의사에게
들었을 때 나는 믿지 않았다. 자꾸만 이상한 웃음이
나왔다. 반드시 이런 사람인 줄 알았던 생각이

하루아침에 사라진 것이다. 한참을 응시하고 찾아낸 얼굴은 남들에게 차마 보여줄 수 없는 일그러진 얼굴이다. 그렇다고 나만의 비밀로 간직하고 살기엔 너무나 괴로운 나의 모습이다. 하지만 그것이 진정한 나다. 인정하자. 사람은 누구나 다양한 실수를 한다. 내가 저지른 실수의 대가는 반드시 지불해야 한다. 지금이 바로 그때다. 고민은 언제나 오늘 갑자기 생기는 건 아니다. 아이를 키우는 동안 무지하고 무책임하게 산 결과가 축적되어 생긴 것이다.

등에 짊어진 고민 덩어리에 불이 붙었다. 빨리 내려놓아야 한다. 그때 내가 그러지 않았더라면 지금 어떻게 됐을까, 쓸데없는 상상을 하고 있을 때가 아니다.

후회가 반성으로 가는 다리라면 나는 다리 위에 홀로 서 있다. 더 잘할걸, 아이가 원하는 걸 모를 때는 차라리 아이에게 물어볼 걸 그랬다. 이 밤, 후회가 꼬리를 물지만, 이제는 후회로 끝내서는 안 된다. 진정 고통이라는 것은 처음부터 끝까지 모조리 경험해야만 끝나는 것인가. 내 인생이 왜 이렇게 꼬여버렸는지 반성과 성찰의 시간으로 가야 할 때다.

자기 전에 또 한 번 상기한다.

내일 아침엔 의사에게 찾아갈 것. 분리불안에 대해 더 자세히 알아볼 것.

씻지 않는 아이

오늘의 기분 | 흐림 ☁

　아이는 요즘 씻는 행위를 잊어버린 것 같다. 인간이
과연 어디까지 게을러질 수 있는지 실험을 하기로
작정한 것처럼 샤워하지 않고 며칠을 버틴다. 오히려
예전에는 지나치게 깔끔하고 정돈된 것을 좋아했다.
지저분한 상태를 잘 견디지 못하는 편이었는데, 지금은
무기력의 절정에 서 있는 것 같다.

　과거야 어쨌든, 현재는 배고픔을 제외하고는 모든
것이 귀찮은 상태로 보인다. 아무렇게나 벗어놓은
옷처럼 널브러진 아이를 보면 답답하다. 산뜻하게
차려입고 외출하는 아이 또래를 보면 나도 모르게
한숨이 나왔다. 원하는 대답이 나오지 않을 줄 알면서

질문을 했었다.

"왜 안 씻어?"

"외출할 때는 신경 좀 써서 입고 나가."

"왜 맨날 같은 옷만 입어?"

"수분 크림이라도 좀 발라."

딸은 만사가 귀찮아 욕실까지 가는 발걸음이 안
떨어진다고 했다. 이상하게 아무것도 할 수 없다는
것이다. 엄마가 자기의 기분을 몰라준다며 가장 괴로운
건 자기 자신이라고 항변한다. 우울증의 증상은 무섭다.
자해와 자살 충동도 무섭지만, 무기력은 매일매일의
시간을 갉아먹는다. 며칠 전에는 우울증이 심해져서
전기충격 치료를 받았다는 분의 글을 읽었다. 두려움에
눈물이 멈추지 않았다. 전기충격이라니 듣기만 해도
몸이 굳어졌다. 마음이 자꾸 절망의 늪으로 걸어
들어간다.

대단한 사람이 되지 못해서 불행하다고 느끼는
사람은 대단한 사람이 되어서도 계속 불행하다고 여길

것이다. 아이가 공부를 못해서 불행하다고 말하는
엄마는 아이가 공부를 잘하게 되더라도 다른 불행을
만들어 낼 것이다. 나는 아이가 무기력해서 불행하다고
느낀다. 하지만 아이가 무기력에서 완전히 벗어나는
일이 내게 완벽한 행복을 가져다줄지는 미지수다.

절망과 무기력에 대처하는 자세를 바꾸기로 했다.
소모적인 일에 마음을 쓰지 않으려 한다. 내 삶과
아이의 삶을 지키는 것이 더 중요하다. 무사히 지나가는
일상이 행복이라는 사실을 깨닫지 못하고는 아침부터
한숨이나 쉬고 있지는 않을 것이다. 눈에 보이지 않는
지금의 노력이 모여서 오늘 하루를 무사히 보낼 수
있다는 사실도 잊지 않을 것이다.

지금은 우리가 추억을 만들 시간이라고 생각하자.
다행스럽게도 시간은 충분하다. 며칠씩 씻지 않아서
냄새나는 몸으로 살았던 시절도 추억거리로 만들자. 내
인생에 이런 일이 있었어. 그때는 죽고 싶었었지. 하며
어딘가 깊어진 눈으로 말하는 날이 올 거라고 믿자.

그런 의미에서 오늘도 딸에게 주책스러운 애정
표현을 한다. 그런 내가 낯설다. 나도 내가 아닌 것만
같다. 스스로도 지나치다고 느끼는 순간이 오면 참

우습기도 하고 소름이 돋는다. 그러면 혼잣말을
한다. 참 용을 쓴다. 용을 써. 나도 이런데 난데없이
애정 표현을 받아야 하는 딸은 얼마나 곤혹스러울까.
아장아장 걸어 다니던 아기였을 때를 빼놓고는 처음
있는 일이라 어리둥절한 것 같다. 아이는 그 마음을
숨기지 않고 말한다.

"엄마, 요즘 왜 그래? 이상해 보여."
"응, 엄마는 추억을 만들고 있어."

병원 대기실 풍경

정신과에서 차례를 기다리며 천천히 주위를 살핀 건 처음이었다. 실수로 작은 실핀 하나가 바닥에 떨어져도 멀리 앉은 사람에게 들릴 듯한 적막한 공간이다. 접수를 하는 간호사도, 진료를 받으러 온 환자도, 남이 들으면 안 되는 둘만의 이야기를 하는 사람들처럼 소곤거린다. 나는 그게 마음에 들지 않았다. 왜 숨겨야 하는 병인가. 왜 모두 들키면 안 되는 비밀을 간직한 사람들의 얼굴로 앉아 있는가. 적막하다는 사실이 믿기지 않을 정도로 대기자는 많다. 앉을 의자가 없어서 아까부터 서 있었다. 나는 병원에 올 때마다 "태평해 보이는 사람도 마음의 밑바닥을 두드려 보면 어디선가 슬픈 소리가 난다"던 나쓰메 소세키의 말을 자주 떠올린다.

　정신과에 오는 사람은 하루의 시간을 온통 병원에 쓰기로 마음먹은 사람들 같다. 재촉하는 법도 없고 조급한 얼굴을 한 사람도 찾아보기 힘들다. 자기 차례가 오기만을 무심하게 기다린다.

　진료실에 들어가면 할 말이 많아지는 사람도 있고, 하염없이 울어야 하는 사람도 있다는 것을 대기실에 있는 사람들은 잘 알고 있다. 모두 경험자들이기 때문이다. 진료 시간은 삼십 분이 될 수도 있고 십 분이 될 수도 있다. 여기선 모든 것이 예측 불가능하다. 급하다고 혼자만 서두를 수 없다는 것을 알고 조용히 기다린다.

　가끔은 소란스러운 상황도 생긴다. 틱을 앓는 아이나 주의력 결핍 과잉 행동 장애를 겪는 아이가 진료를 기다릴 때다. 아무리 시끄러운 일이 생겨도 사람들은 불평하지 않는다.

　꼬질꼬질한 점퍼를 입은 중년 여성과 손톱 밑에 기름때가 잔뜩 낀 중년 남성이 초등학생으로 보이는 남자아이와 함께 앉아 있다. 부모는 초조한지 연신 아이의 등을 어루만지며 가끔가다 한숨을 쉰다. 아이는

부모의 마음을 아는지 모르는지 휴대폰 게임에만 빠져
있다. 법 같은 건 모르고 살 것 같은 부부의 얼굴에
슬픔이 가득하다.

대기실에는 온통 연약한 얼굴을 한 사람들과
마음의 상처로 시무룩한 표정의 사람들뿐이다. 각자의
자리에서 착하게 살다가, 무자비한 사람들과 상황에
짓밟혀 시들시들한 상태가 되어 찾아온 것이다.
새싹처럼 연하고 여린 사람들이 모여드는 곳. 남에게
받은 상처를 돌려주는 방법을 모르고 자기 몸 안에 쌓고
또 쌓다가 마음의 병에 걸린 사람들이 모여드는 곳.
정신질환에 대한 편견이 두려워 가족들에게도 직장에도
병원에 다닌다는 사실을 말하지 못하는 소외된 사람들.
병원 기록이 남는 게 두려워서 보험 혜택을 포기하고,
몇 배로 비싼 병원비를 감당하는 사람들이 가득한 곳.

**환자가 치료자를 찾는 이유는 신경증을 치유하기 위해서가
아니라 스스로를 완성하기 위해서다.**

－카렌 호나이

약을 꼭 먹어야
할까요?

오늘의 기분 ┃ 흐림 ☁

    치유라는 글자를 사전에서 찾아보면 두 개의 영어
단어가 나온다. cure와 heal이다. 두 단어 모두 '낫게
하다'라는 뜻으로 쓰이지만, 내포하는 의미는 조금
다르다. cure는 약이나 의사를 통해 병이 낫는다는
치료의 의미가 담겨 있다. heal은 현재형으로 쓰면
우리가 좋아하는 healing이 된다. 힐링은 주로 마음을
치유한다는 의미로 쓰일 때가 많다.

    나는 아이가 정신과 약을 먹는다는 사실이
못마땅하다. 정신과에서 받은 약을 먹는다는 것은 정신
병원에 가서 의사를 만나 병에 대해 상담 진료하는
것과는 어딘가 다른 의미로 생각하게 된다. 나도 1년

365일을 의사가 처방해 준 호르몬제를 복용한다. 호르몬을 관장하는 신체 기관을 완전히 절제했기 때문에 당장 먹지 않으면 몸은 심각한 교란 상태에 빠진다. 약을 끊는다는 것이 얼마나 위험한 일인지 잘 알면서도 아이가 하루빨리 약을 끊게 되기를 바란다.

양약은 먹는 즉시 효과를 본다. 우울한 마음도 완전히 사라진 것 같고 자해하고 싶다는 생각도 없어진다. 그러나 꽤 평온한 상태를 유지하는 것처럼 보여도, 주의 집중력을 떨어뜨린다. 또 수면 시간이 지나치게 많이 늘어나거나, 어지럽고 속이 울렁거리기도 한다. 나는 아이의 인생을 약으로 바꿔치기한 것 같아서 도무지 내키지 않는다. 약이 오히려 자가 치유를 방해하고 있다는 생각이 자꾸만 든다. 그래서 아이의 우울증이 heal을 통해 나아질 수 있다고 믿는 편이다.

지금 아이가 먹고 있는 약은 항우울제와 항불안제다. 그리고 필요에 따라 수면제와 안정제를 따로 처방받는다. 항우울제는 호르몬 조절에 관여하고 우울한 감정을 행복한 감정으로 바꿔준다. 우울증 환자들은 대부분 호르몬이 불균형하기 때문에 원래의 건강한 상태로 되돌리려면 복용할 수밖에 없는 약이라고 한다. 먹는 즉시 효과가 나타나진 않고, 꾸준히 복용해야 효과를 느낄 수 있다. 우울증 약은 한꺼번에 많은 양을 처방해 줄 수 없다. 따라서 의사는 양을 조금씩 늘리는 방식으로 처방한다. 그럴 때면 환자나 보호자는 병이 점점 더 나빠지고 있는 건 아닌지 의심하게 된다.

항우울제와 함께 복용하는 항불안제는 특히나 아이가 빨리 끊기를 바라는 약이다. 복용할수록 의존성이 커지는 약으로 알고 있다. 하지만 의사들은 좀처럼 약을 줄여주지 않는다. 섣불리 끊었다가 오히려 치료만 늦어지고 약을 더 많이 먹어야 하는 일이 흔하게 일어나기 때문이다. 약에 대해 품고 있는 마음은 모든 환자나 보호자가 같을 것이다. 약에 대해 아는 것은 한계가 있다. 전적으로 의사를 믿어야 하지만 말처럼 쉬운 일은 아니다.

아이가 약을 먹기 시작한 지 2년이 넘었다. 약을 먹는 아이를 볼 때면 감당할 수 있는 시련만을 준다는 하나님도 원망하게 된다. 어떤 사람의 심지를 괴롭게 하는 건 하늘이 그 사람에게 큰 사명을 내리려 한다는 맹자의 말도 개가 풀 뜯어 먹는 소리로 들린다. 사명 같은 건 필요 없으니, 아이가 약이라도 끊게 해줬으면 좋겠다.

나는 자꾸만 힐링하는 방법을 찾는다. 이런저런 생각에 골몰하면서 저명하다는 남의 나라 의사의 치료법을 찾아본다. 오메가3 중에 가장 좋고 비싼 것을 골라 장바구니에 담는다. 자연 치유를 하겠다고 산으로 향하는 사람을 정신 나간 사람으로 생각했었다. 이제는 내가 아이를 데리고 산으로 가고 싶다.

그러나 지금 우리가 당장 실천할 수 있는 방법은 절대 행복론에 기대는 것뿐이다. 아이만의 절대적인 행복이 존재한다면, 완전히 그것에 빠져서 시간을 보내는 것이다. 마음이 쉬어야 할 때 자신이 가장 행복한 일을 하고 있다면 그건 안전망 안에 있는 것과 같다. 힘들고 괴로운 상태에 있더라도 이겨내는 데 도움이 될 거라고 생각한다. 아이에게 절대적인 행복을 느끼게 하는 것은 무엇인지 나는 짐작한다. 맛있는 음식을 먹는 것과 그림을 그리는 것. 다이어트는 이미 집어치웠다. 끝없이 맛있는 음식을 찾아내고 사 먹거나 만들어 먹는다. 기쁘고 즐거운 일만 하는 프로이트의 쾌락원칙에 입각한 삶이다.

지금으로서는 약을 끊을 수만 있다면 뭐든지 할 수 있다는 심정이다.

의사의 말말말

오늘의 기분 | 흐림 ☁️

왜 번번이 아프기만 할까. 새삼 돌아보니
끝까지 인정하지 못했나 보다. 모두 다 반성했다고
생각하다가도 어느 날은 내가 뭐 그렇게 잘못했다고
이런 벌을 받을까 싶다. 이렇게까지 깨지지 않아도 이미
막다른 골목에 와 있는 건 아닌가.

조금 더 따뜻하게 위로받을 수는 없는 것인가.
지금까지 계속해서 위로를 받고 싶다고 생각하는 건
여전히 어리광이 남아 있다는 뜻인가.

"언제까지 남 탓만 할 건가요?"

"낫는 병이 아닙니다. 그냥 버티세요."

의사는 오늘도 내 마음을 후벼 팠다. 지금까지 두 명의 의사를 만났다. 딸의 우울증을 치료하기 위해 처음 만났던 담당 의사는 감정이 절대로 드러나지 않는 중저음의 목소리로 아무렇지도 않게 비수를 꽂으며 치료를 했다. 마음을 담아 치료한다는 인상보다는 의무적으로 얘기를 들어준다는 느낌을 받았다. 의사 본인은 감정에 휩쓸리지 않고, 최대한 객관적인 시선에서 치료하려는 진료 방식이겠지만, 상처가 많고 예민한 환자들에게는 의사는 또 다른 상처를 주는 사람이다. 실제로 자신에게 맞는 의사를 만나는 일이 쉽지 않아서 여러 병원을 전전하기도 했다. 딸이 의사와의 소통에 어려움을 느끼면서 불신이 생겨 결국 치료를 거부하는 일이 생길까 봐 부쩍 신경이 쓰인다.

우울증에도 유전적인 요인이 있어요. 정직하고 도덕적인 사람일수록 우울한 기질이 많습니다. 그런 사람들은 자신에게 높은 잣대를 들이댑니다. 물론 사회적으로나 개인적으로 충분히 성공할 수 있는 훌륭한 기질을 가지고 있지만, 그것들은 전부 종이 한 장 차이입니다.

어머니 자신부터 용서하세요. 가족과 남편분을 용서하세요.

그리고 어머니가 진짜 바라는 자신의 모습이 무엇인지

생각해 보세요. 우울에서 벗어나는 일은 자신의 상태를 더

확실히 아는 것입니다. 무엇보다 보호자가 우울하면 안

됩니다.

현재 환자는 의사에게도 마음을 숨기고 있습니다.

앞으로도 많은 시간이 필요할 거예요.

자녀분이 정신과 약을 끊기를 바라지 마세요. 우울증은

감기처럼 3일만 버티면 낫는 병이 아닙니다. 마음의

감기라는 말은 틀린 말일 수도 있습니다. 평생 약을 끊지

못할 수도 있습니다. 자녀분을 무조건 믿으세요. 섣부른

조언도 하지 마세요. 어머니는 지금 환자에게 조언할 때가

아니라 자녀분이 무슨 말을 하더라도 아무 말 없이 들어줄

때입니다.

자신이 없으면 환자가 볼 수 없는 곳으로 가세요.

실패를 인정하는 것이 자신의 장점을 찾는 것보다 먼저가

되어야 합니다. 환자를 일방적으로 돌봐야 하는 대상으로

취급하지 마세요. 환자가 오히려 보호자의 기분을

살핀다는 사실을 잊지 마세요.

　좋은 말을 들어도 힘을 얻기 힘들다. 도움이 되는
말이라고 해도 그 속에서 가시를 찾아낸다. 나에게 좋은
시절이 과연 올까. 이 병원 저 병원을 전전하지 않아도
되는 날이 올까. 의사에게 내 치부를 다 드러내고
나만의 비밀을 만들지 못하는 삶을 계속 살아야 할까.
언제까지 예전의 좋았던 한때를 떠올리며 하루하루를
버텨야 할까. 가장 부끄러운 기억과 후회스러운 기억을
말하는 것은 정말이지 이제는 제발 그만하고 싶다.

Chapter 4

우울증과의
동행

독백

딸의 빈방

오늘의 기분 | 흐림 ☁

딸의 빈방에 앉아 있다.

이곳은 슬픔을 품고 있는 공간.

공간이라고 부르기엔 아주 작고 외로운 방.

기다림이 홀로 잠든 방.

무엇이든
해야 한다

어젯밤 꿈에 나는 또 딸을 낳았다. 태어난 아기를
바라보는 내 눈에 눈물이 그렁그렁 맺혔다. 죄책감에
몸서리칠 때마다 어른이 된 딸을 배 속에 넣었다가,
다시 낳아서 또 한번 키우고 싶다는 실현 불가능한 일을
상상했었다. 왠지 이번에는 잘할 수 있을 것만 같다.

생각해 보면 내가 나를 위로하는 방식은 항상
비논리적이었다. 아픔과 상실을 정당화하는 식이다.
내게 딱 맞는 일자리를 놓쳤을 때는, 분명 어딘가에 더
좋은 자리가 있을 거라고 생각해 버리는 것처럼. 심지어
감당할 수 없는 사고를 치고 어디론가 도망가 버린

남편에게로 향한 원망을 해결하는 방식에도 비논리가
적용되었다. 그런 방법이 아니었다면 남편에 대한
원망과 미움을 해결할 수 있었을까. 아이의 우울증에
실마리가 된 사람, 내게 고통을 맛보게 한 남편에 대한
감정을 그렇게라도 해결하지 않으면 한시도 살아갈 수
없었을 것이다.

　겉으로는 아무것도 묻지 말라는 얼굴이었지만,
마음속으로는 분명히 누군가의 위로가 필요했다.
당장이라도 주변 사람들에게 괜한 시비를 걸 것 같은
얼굴로 살아가는 나에게 친구가 해준 말은 "너는 어쩌다
그런 사람과 결혼했니?"였다. 그 말은 내 인생에 파국이
와버렸다는 것을 친절하면서도 단호하게 알려주는 말로
들렸다. 친구가 내 인생의 파국이 도래한 것을 알려준
그때처럼 나는 계속해서 말했다.
　결코 자랑거리라고 할 수 없는 사생활을 아무렇지도
않게 말하는 나에게 이렇게까지 드러내도 되는지
묻는 사람들이 있다. 천만에, 고통에 대해 잘 모르고
하는 말이다. 차라리 고통을 고백하고 나면 내 안에서
계속해서 싸우는 남편과 화해를 할 수도 있다. 적어도

나에게 고백은 다시는 그런 일이 일어나지 않을 거라는 확신과도 같다. 영원한 가해자로 낙인찍힌 남편을 지금이라도 해방시키지 않는다면, 우리 모녀의 인생은 영원히 우울한 감옥살이가 될 것이다. 남편이 만들어 놓은 빈자리에서 아이를 보호하기 위해 했던 모든 고군분투를 잊으라고 지금 와서 빚쟁이 흉내를 낸다 한들 아무 소용이 없다. 아이는 이미 아프다.

이런저런 바람만 늘어놓을 뿐, 나는 여전히 아무것도 해줄 게 없는 엄마다. 남편은 예전보다 조금 더 다정해졌다. 지난 일에 대해 미안해하고 아파했다. 그건 그 사람이 품은 마음이지 당장 우리가 처한 현실을 바꿀 초능력은 갖고 있지 않다. 우리는 부모로서 아이를 위해 무엇이든 해야 하지만 이렇다 한 것을 해줄 능력이 없다. 내가 고작 할 수 있는 일은 원망을 지우고 운명을 받아들이는 것뿐이다.

내가 이렇게 힘들었는데 남편이라는 사람이 어떻게 이럴 수가 있니? 내가 이렇게 고생하는 동안 너는 뭐 하고 있었니? 너는 왜 고작 이것밖에 안 되니? 수없이 따져 묻고 싶던 원망을 눈물로 지워버린다. 오로지 혼자

극복해야 할 고통이고 그것이 나의 운명이다. 그 운명과 싸워 이길 때 비로소 남들은 감히 느껴보지 못한 환희를 느끼게 되리라. 자식을 위해 무엇이든 해야 한다면 그저 매일매일 용감해지겠다는 말밖에 할 말이 없다.

자유롭게 살기

성취만 하면 행복할 줄 알았다. 좋은 물건을
소유하고 좋은 집에서 살고 아이를 좋은 대학에
보내고….

이런 욕망을 하나하나 이루면 행복도 하나하나
쌓여서 내 삶에 머물러 있을 줄 알았다.

하지만 그것들은 내 것으로 만들기도 어려웠지만
만들더라도 쌓이기는커녕 금방 사라졌다. 다른
행복으로 채워야 할 공간만 커졌다. 도대체 행복은
어디에 있을까.

이상하게도 행복을 찾아야 한다는 강박관념에
사로잡혀 살았다. 어쩌다 행복할 때는 행복한지 몰랐다.

불행하면 불행에 빠져 괴로워하느라 불행의 이유를
찾지 못했다. 행복해 보이는 사람과 나를 비교하면서
남의 행복을 시기하고 나의 불행을 저주했다. 남편과
이혼하고 거액의 위자료를 받은 친구를 부러워했다. 그
돈으로 아들에게 고액 과외를 시키는 것도 부러웠다.
과외를 받고 모의고사에서 좋은 점수를 받았다는
말에는 질투했다. 행복해 보이는 사람과 자꾸만
멀어지고 싶었다. 그들도 불행한 나에게서 떠났다.
달리 방법이 없었다. 행복도 인정하고 불행도 인정하는
수밖에. 그냥 그것이 인생이었다.

내가 다시 지혜를 알고자 하고 미친 것과 미련한 것을
판별하고자 하여 마음을 썼으나 이것도 바람을 잡으려는
것인 줄을 깨달았도다. 지혜가 많으면 번뇌도 많으니
지식을 더하는 자는 근심을 더하느니라.

– 전도서 1 : 17~18

우연히 읽은 성경 구절이 가슴에 오래 남아 울림을
준다. 나는 지금 아무것도 필요하지 않다. 내게 닥친
상황을 걱정할 필요도 없고 불평도 하지 않는다. 늦은

밤 가족들 몰래 잠에서 깨고 죄를 뉘우치지 않는다.
내게 남은 소중한 날들만 생각한다. 그냥 되는대로
살아도 아무 일도 일어나지 않을 것이다.

세상에는 계산할 수 없거나, 설명이 안 되는 것들이
많다. 그중 하나가 행복이 아닐까. "행복은 순간의
느낌으로 왔다가 이내 사라지니 얼마나 행복해?"라는
질문에 "그저 많이. 하늘만큼 땅만큼" 같은 막연한
대답만 할 뿐이다.

기도도 하지 않던 고난의 밤이 지나가면 알게 될
것이다. 일상에서 모래처럼 흩뿌려진 작고 사소한
행복을 발견해 내면 남의 행복을 질투할 시간도 없다는
것을. 그때부터 행복해야 한다는 압박에서 벗어나
진정 자유롭게 살게 될 것이다. 그런 날이 오면 어렵게
찾아낸 행복과 자유를 자랑하고 싶어질 것이다. 인간은
어쨌든 뭐라도 자랑하지 않고는 견딜 수 없는 존재구나.

인간답게
살고 싶다

이유도 모를 슬픔이 불현듯 찾아오고는 했던 사춘기
소녀였을 땐 남몰래 거울을 보면서 울었다. 눈물이
볼을 타고 흐를 때면 책상에 올려져 있던 거울을 내
앞으로 가져다 놓았다. 그 기이하고 이상한 행동은
신기하게도 내게서 금방 슬픔을 거두어 갔었다.
내가 우는 얼굴을 직접 보는 순간 슬픔이 한곳으로
모아졌고 이내 폭발했다. 그다음 눈물은 언제 그랬냐는
듯이 말라버렸다. 여름날 소나기가 지나가고 햇빛이
드러나는 순간에 젖었던 땅이 사라지는 것처럼. 눈물이
마르는 속도가 너무나 빨라서 거울까지 가져다 놓고
작정하고 울기 시작한 스스로가 당황스러웠을 정도다.

나는 사춘기 시절로 돌아가서 실컷 울고 싶다. "다 큰 어른이 울면 안 돼요. 애 엄마가 울면 못써요." 그런 말은 듣고 싶지 않다. 왜 안 되나요? 내가 슬픔으로 당장 죽을 것 같은데.

영국의 작가, 존 버거는 이렇게 말했다. 인간답게 지내는 것은 그 어떤 것보다 중요한 일이고 활기찬 것을 의미하는 것이라고. 모든 어려운 상황에도 불구하고 활기차게 지내야 하며, 흐느끼는 건 약한 자들에게나 어울리는 일이라고 말이다.

존 버거의 말대로라면 인간답게 사는 것은 어렵다. 쉬워 보이지만 자세히 읽어보면 더 어렵다. 흐느끼면 안 된다니 왜 안 된다는 말인가? 내 인생에 어떤 고난이 닥쳐오더라도 용감하게 맞서며 침울함에 빠지지 말고 방에 처박혀서 눈물을 흘리지 말라는 말인데 난 펑펑 울고 싶다. 그래야 살 수 있다. 그리고 그것이야말로 인간답게 사는 것이다.

으슬으슬 한기가 느껴져서 전기장판을 켜고 이불을 뒤집어쓴 채 울다가 잠이 들었다. 등이 따뜻해졌다.

뒤집어쓴 이불 덕에 적당히 어두워서 울다가 잠들기 딱 좋은 환경이었다. 까무룩 잠이 들었다가 깨면 잊고 있던 허기가 몰려온다. 국을 데워 밥 한 덩이 말아 반찬 없는 밥을 먹었다. 그제야 다리에 힘이 생겨서 고통이 여전히 살아 존재하는 생의 한가운데로 다시 들어간다. 지금 나를 살리는 것은 오로지 식은 밥과 전기장판뿐이다.

노선 변경

　3년을 다 채워 입기 위해 크게 맞춘 교복을 입고
아직 초등학생 티를 벗지 못한 앳된 얼굴의 나. 내가
기억하는 열네 살 때의 내 모습이다. 그때 나는
누구에게도 인정받기 힘든 의젓함을 뽐내며 엄마의
보호자가 되기로 했다. 작은방은 남동생에게 양보하고
안방을 엄마와 함께 써야 했던 궁색한 살림이었다.
매일 밤 엄마의 등에 코를 박고 엄마 냄새를 맡으며
잠을 청했다. 엄마는 내 긴 머리카락을 정말 오래오래
쓰다듬었다. 그 손길이 다정해서, 그 평화로운 순간을
조금이라도 더 느끼고 싶었다. 잠들기 싫었지만 어쩔 수
없이 점점 더 깊은 잠에 빠지고는 했었다.

어른이 되면서 나는 언제나 엄마처럼 살지 않겠다고 다짐했다. 중요한 일을 선택해야 할 때 엄마라면 어떤 선택을 했을지 예측해 보고는 반대로만 선택하며 살았다. 그 사실을 알면 엄마는 잘했다고 하시면서도 내심 서운해하실지도 모를 일이다. 언제까지나 그건 엄마에게 말할 수 없는 비밀이었다. 그러다 엄마와 심하게 싸우던 날, "엄마처럼은 안 살아!" 하고 말을 해버렸고 그 후로 오랫동안 후회를 했었다.

그랬던 내가 요즘 엄마처럼 살고 있다. 아이의 방으로 들어가 잠든 딸의 머리와 이마를 쓸어본다. 잠에서 깼지만 아닌 척하는 딸에게 내 엄마처럼 손으로 마음을 전해본다. 손은 백 마디 말보다 따뜻한 위로가 된다는 것을 익히 들어서 알고 있다. 그 손길을 받으면 굳었던 마음이 말랑말랑해지는 것도 안다. 그런 손길을 느끼면 나도 모르게 착해지고 싶어진다. 내 편이 하나도 없는 세상에 나갔다가, 지칠 대로 지친 몸을 끌고 집으로 향하는 지하철을 탔을 때 불현듯 엄마가 보고 싶어서 발을 구르는 마음. 엄마의 따뜻함에 막무가내로 어리광을 부리고 싶은 심정과도 비슷할 것이다. 하지만 나는 왜 그토록 엄격하고 감정에는 인색했을까.
누구보다 딸을 사랑하는 마음이 컸는데 무슨 이유로
채찍만을 고집했을까.

딸에게 잃었던 점수를 회복하고 싶다. 할 수 있는 한
최선을 다해, 지금이 마지막인 것처럼, 이보다 중요한
일은 없다는 심정으로 숨겨놓았던 마음을 있는 힘껏
풀어놓는다. 꽁꽁 묶인 보자기를 풀자 엄청나게 많은
감정이 쏟아져 흐른다. 난데없는 애정 공세에 딸은 숨이
막혀 보였지만, 다행히도 싫은 눈치는 아니다.

딸의 삶에 지금보다 편안하고 즐거운 일이
많아졌으면 좋겠다. 좋아하는 사람들과 맛있는
음식을 먹으며 유치한 농담에도 웃을 수 있는 여유가
생기기를 바란다. 하나 마나 한 실없는 이야기들로 밤을
지새웠으면 좋겠다. 일상의 곳곳에 숨어 있는 빛나는
순간들을 찾아내 온 마음을 다해 그것들을 즐겼으면
좋겠다. 무엇보다 그동안 엄마가 보여준 수많은
헛다리와 삽질을 교훈 삼아 이참에 인생의 노선을
확실하게 변경했으면 좋겠다.

나도 노력하고 있다. 지금 내가 하는 고군분투와 한참이나 늦은 뒷북에 대해 적극적으로 글을 쓰고 있다. 쓰는 데는 언제나 용기가 필요하지만 마음을 다잡고 매일 쓴다. 내 글은 언제나 엄마처럼 살지 말라는 매우 중요한 메시지다. 그동안 못 하고 살았던 농담이나 실컷 하면서 살자는 메시지.

책으로
치유받는 삶

사람이 지긋지긋해서 아무도 없는 곳으로 도망가고
싶었다. 인간이 존재하지 않는 별에 갈 수만 있다면
빚을 끌어다 써도 좋다고 생각했었다. 죽어야 갈 수
있는 곳이라면 죽음을 불사하고라도 그곳으로 도망가고
싶었다. 사람이 모인 곳은 정말이지 지옥 같았다.
인간이 왜 그렇게까지 싫어졌냐고 묻는다면 이야기를
어디서부터 시작해야 할지 모르겠지만 오랫동안 품었던
감정인 것은 분명하다. 어릴 때부터 필요 없는 것들이
잘 보였다. 사람이 무슨 생각을 하고 있는지, 나에게
호감을 표현하는 이유가 무엇인지.

그런 것들이 또렷하게 보이면서 사람에 대해

골똘해졌다. 남을 밟고 일어서는 것이 능력이라고 착각하는 사람, 남에게 상처가 되는 말을 아무렇지도 않게 하는 사람, 받은 상처를 대갚음해야 직성이 풀리는 사람, 인간은 원래 그런 존재라고 자기 잘못을 합리화하는 사람, 그런 분위기에 동참하지 않으면 미성숙하거나 사회성이 부족한 사람으로 몰아붙이는 사람까지. 혹은 눈물을 무기로 사용하는 사람, 누군가의 뒤에 숨는 것만 배운 사람, 약한 척하지만 누구보다 잔인한 사람도 있었다. 남자는 남자대로, 여자는 또 여자라서 무서웠다. 어쩔 수 없이 그들 옆에는 나약한 얼굴을 한 내가 있었다. 함께 있으면 기분이 나빠지는 사람들이지만, 함께 있을 수밖에 없어서 매일매일을 좌절했었다.

사람을 향해 모진 마음을 먹는 것은 타고난 기질일지도 모른다. 나는 증오를 잘 만들어 내는 편이고 작은 눈덩이를 굴려 큰 덩어리를 만드는 집요함을 가지고 있다. 증오를 품고 사는 일은 스스로 가혹한 벌을 주는 일이다. 세상을 향한 불만과 인간에 대한 실망으로 몸서리치던 내 모습을 어느 날 딸에게서 발견했다. 다른 건 다 닮아도 이것만은 닮지 않기를 염원했지만, 그것마저 닮은 딸이라니.

더는 도망갈 곳이 없었다. 딸을 위해 달라지지 않으면 안 되는 막다른 길까지 와버렸다. 나를 바꾸려면 충격을 줄 무언가가 필요했다. 그러나 문득 책으로 우리 내면의 얼어붙은 바다를 깨뜨리라는 카프카의 말이 떠올랐다. 어디에서도 평온함을 찾지 못했던 나는 부랴부랴 책으로 들어갔다. 남보다 나은 사람이 되기 위해서 읽은 것이 아니라 생존과 변화를 갈망하는 마음으로 읽었다. 세상은 언제나 나를 오염시킨다. 얼마 남지 않은 상태로 마음 한쪽에 매달려 있는 자신감마저 떨어뜨리고 내 존재를 쿨하게 인정해 주지 않는다. 그때마다 책을 펼쳤다. 읽으면 그나마도 깨끗한 마음을 조금은 유지할 수 있었다.

얼마 전까지 못 살겠다고 떠들어댄 걸 생각하면 참 뜬금없는 고백이지만, 요즘 더할 나위 없이 평온해졌다. 잔잔한 마음에 파문을 일으키는 일이 없는 건 아니었다. 그러나 그건 순간적으로 찾아오는 일시적인 감정일

뿐이다. 대부분은 이만하면 베리 굿이라고 말할 만하다. 여전히 우울한 날과 그렇지 않은 날을 끊임없이 오가며 사는 딸 덕분에 속이 타고 눈물을 흘리는 날도 있지만, 예전처럼 아이의 우울을 고스란히 가져와 내 것으로 만들지는 않는다. 이 모든 변화는 책 덕분이다.

눈을 씻고 찾아봐도 보이지 않던 희망도 보이고 인생의 즐거움도 어렴풋하게 알게 됐다. 되도록 피하고 싶었던 사람에게 조금은 너그러워지고, 생각지도 못한 관점을 발견한다. 삶의 방식도 완전히 달라져서 사는 것이 전부 고통은 아니고 약간의 즐거움이 더해졌다.

무엇보다 가장 좋은 일은 나처럼 책을 좋아하는 사람들과 만나게 됐다는 것이다. 다들 어딘가 아팠던 사람들이라서 남의 아픔도 알아준다. 낯을 가리는 편이라서 금방 친해지기는 어렵지만 한번 가까워지면 웬만해서는 마음이 변하지 않는다. 진지함도 있고 대부분은 괜찮은 사람들이다.

내가 지금 행복을 느끼는 건 딸과는 아무 상관이 없다. 아이의 우울증은 여전하지만, 그것과는 별개로 나는 현재 행복하다. 이것은 상당히 중요한 문제다.

나의 행복을 전적으로 아이에게 의지하지 않았다는 뜻이고, 나만의 인생을 만드는 일에 어느 정도는 성공했다는 의미기도 하다. 매우 바람직한 현상이라고 생각한다. 책을 읽으면 이보다 놀라운 일이 훨씬 많이 생긴다. 안타깝게도 딸은 아직 책의 유혹에 넘어가지 않았다. 아이를 책 앞으로 데리고 오는 일은 쉽지 않을 것이다. 그것이 조금 아섭다면 아쉬운 일이다. 이 좋은 걸 왜 모를까.

사려니 숲길

'여행' 하면 돈부터 떠올렸던 시절이 있었다. 여행을 상상하는 것과 동시에 여행하면서 쓸 수밖에 없는 돈의 액수를 습관처럼 계산해 보는 것이다. '이 돈이면 몇 달 치 학원비, 이 액수면 개인 레슨 몇 번 더 할 수 있을 텐데⋯' 하고 말이다. 계산의 기준이 되는 것은 지출이 가장 컸던 아이의 사교육비였다. 나에게 있어 여행은 혼자 꾸려가야 하는 살림의 궁색함을 뼈아프게 확인하는 일이기도 했다.

마치 언젠가는 먹게 되겠지만, 지금은 구경하는 것으로 만족해야 하는 천장에 매달린 보리굴비와도 같았다. 짭조름하고 깊은 맛이 나는 굴비. 굴비로서는 청찬인지 욕인지 모를 밥도둑이라는 별명. 그렇게나 맛있다는 굴비의 맛을 일부러 폄하했다. 막상 먹어보면 '뻔한 그 맛이지. 별거 아니야. 내가 아는 맛이지'라고 생각해 버렸다. 그렇게 결론을 내리면 당분간은 굴비 생각을 잊어버리는 것처럼 여행을 떠나고 싶다는 생각도 들지 않았다.

아이에게 돈보다 중요한 것이 얼마나 많은데, 돈 자체보다 돈에 대한 생각에 짓눌린 엄마 때문에 아이는 놓쳐버린 경험이 너무나 많다. 경험에 적절한 시기가 있다는 것을 너무나 늦게 깨달았다. 그런 식으로 놓쳐버린 경험 중에는 두발자전거 배우기도 있었다. 아이는 아직도 자전거를 타지 못한다. 세심하지 못하고 무신경하고 눈뜬장님 같던 엄마는 아이에게 자전거 타는 법도 제때 알려주지 못한 것이다.

모든 걸 훌훌 버리고 떠나라는 노랫말처럼 모든 걸 미련 없이 버리고 떠나고 싶을 때가 있다. 이때 버린다는 의미는 생을 완전히 놓는다는 의미가 아니라 당분간은 멈추고 싶다는 뜻에 가깝다. 그때는 낯선 공간으로 순간 이동을 하는 상상을 한다.

치열했던 삶에 대한 생각들을 가능한 한 많이, 전부라고 해도 좋을 만큼 망각하는 것이다. 3박 4일 동안 제주 바다를 바라보면서 모든 것을 망각하는 데 시간을 다 썼다. 애월의 바다를 보다가 지루해져서 먹고 마셨다. 두 사람만 겨우 지나다닐 수 있는 세화 마을의 골목길을 배회했다. 나는 바다를 바라보며 바다를 통해서 평화를 얻는 딸을 힐끔힐끔 훔쳐보았다. 여행을 가보면 새삼스러운 것들이 보인다. 이 사람이 평소에 내가 알던 그 사람인가. 저 사람에게 저런 면이 있었나. 이렇게 나를 다정하게 대해줄 수도 있는 사람이었구나. 별거 아닌 일로도 저렇게 키득키득 웃을 수도 있는 아이였구나.

TV를 통해 중국의 가면극을 본 적이 있다. 얼굴에 쓴 가면을 순간적으로 바꾸면서 가면을 통해 인물의 내적 심리를 표현하는 연극이었다. 손놀림이 얼마나 빠른지 마치 마술 같았다. 빠른 속도 때문에 정말 가면이 바뀐 건지 알쏭달쏭할 때도 있었다. 연극을 하는 저 사람은 얼마나 힘이 들까. 삶이 연극이라면 저렇게 비극이면서도 희극일 것이라고 생각했다. 지금껏 살아오면서 썼던 수많은 가면을 아이의 얼굴에서 벗겨주고 싶다. 집에서는 착한 딸, 학교에서는 공부 잘하는 모범생. 그때그때 갈아 쓰느라 얼마나 힘이 들었을까.

여행 둘째 날. 새벽 우린 사려니숲으로 갔다. 숲은 가진 것을 아낌없이 내어주려고 존재하는 것 같았다. 품격이 느껴지는 숲의 향기를 맡으며, 세상의 모든 소음을 피해서 숲의 가장 깊은 곳으로 들어갔다. 우리는 고요에 압도됐다. 하늘을 찌르는 삼나무 잎들 사이로 여과된 햇살이 내려왔다. 숲은 사람의 손으로 훼손하지 않으면 변하지 않는다. 숲을 이루고 있는 나무 또한 제가 서 있는 자리를 스스로 바꾸지 않는다. 나무를 보면 무언가를 하염없이 기다린다는 것이 두렵게만 느껴지지 않는다.

변하지 않아도 매우 아름다울 수 있음을 숲에서 배운다. 그냥 먹고, 자고, 보고, 어떤 대단한 계획을 세우지 않고도 충분히 살아진다는 것. 무언가를 책임지지 않아도 된다는 것. 우리의 삶에서 가림막 하나만 치워버리면 얼마든지 자유로울 수 있다는 것을

사려니숲에서 깨닫는다. 어려울 때일수록 숲처럼
한적한 곳에 가서 홀로 서 있어야 한다. 불안하던
마음이 천천히 안정을 찾으면 딸에게 마음의 말을 한번
걸어보려 한다.

　내 딸, 그동안 잘 버텼다. 이제는 숲에 서 있는 것처럼
마음껏 숨을 쉬렴.

가만히 있어도
괜찮아

오늘의 기분 │ 맑음 ☀

    우울증으로 힘든 와중에도 아이는 자신의 불투명한
미래에 대해서 자유롭지 못하다. 흩어진 마음들을
모으느라 여념이 없으면서도 친구들이 취업을 준비하는
모습을 지켜볼 때면 생각이 많아지는 것 같다. 평소보다
더 침울한 목소리로 물었다.

    "엄마, 이렇게 가만히 있어도 될까?"
    "지금 너는 가만히 있는 게 아니란다. 너는 꿈을 꾸는
      중이야."

    아이의 꿈은 언제나 한결같았다. 늘 그림을 그리는

사람이다. 학창 시절 내내 그림을 그리면서 굽어버린
등은 아이가 살아온 시간을 보여준다. 축구 선수
박지성의 발처럼, 발레리나 강수진의 발처럼 말이다.
아이의 손은 변형됐고, 손목의 인대는 언제나 늘어나
있으며, 어깨는 딱딱하게 굳었다. 심지어 거북목이다.
그렇게 조금씩 몸이 변해기도 아이는 자신의 꿈을
버리지 않고 매달렸다. 창작의 고통에 신음하면서도
실패를 두려워하기보다는 끝없이 도전을 멈추지
않았다. 실패를 두려워한 건 오히려 나였다.

　　아이에게 좌절의 시련이 다가올까 봐 두려웠다.
막아줄 수만 있다면 내 온몸을 총알받이로 쓰고 싶었다.
아이의 꿈에 불신을 품었던 것도 나였다. 허황된 꿈만을
좇는 건 아닌가? 이렇게 내버려 두면 경제적 궁핍에
평생을 시달리게 되진 않을까.

　　물려줄 재산도 없는 부모가 아이에게 현실성
없는 꿈을 꾸는 법을 알려주는 것은 무책임한 일
아닐까. 이만 꿈을 접게 만들어야 하는 건 아닌지.
걱정은 끝이 없었다. 마음속으로는 자랑스러웠고
말로는 응원한다면서 불안한 마음을 완벽히 숨기지는
못했었다.

나는 아무것도 안 하고 있을 때, 자신을 한심하게 생각하라는 교육을 받고 자란 세대다. 직업이 없는 사람은 불행한 사람이고, 영원히 불행을 예약해둔 사람으로 인식하며 살았다. 딸이 그림을 그리고 싶어 하는 것처럼, 어릴 때는 나도 그림을 그리는 사람이 되고 싶었다. 그때 부모님은 "선생님이 되는 게 어때? 그렇게 좋으면 그림은 취미로 그리든가"라고 말씀하셨다. 당시에는 그림 따위를 그리는 일은 아무렇지도 않게 취미로 전락해 버리던 때였다. 화가를 그림쟁이로 부르던 시절을 사셨으니 그럴 만도 했다.

결국 부모님의 말씀을 듣지 않고 그림을 그리는 직업을 갖게 되었다. 부모님의 말씀을 거역하고 선생님이 되지 않은 걸 후회한 적도 많다. 그때는 돈이 되는 일이라면 뭐든지 해야만 했다. 아무것도 안 하는 시간을 감히 생각해본 적도 없고, 그 시간 동안 더 놀라운 일이 벌어진다는 것은 꿈에도 생각하지 못한 시절이었다. 그저 할 수 있는 일이라고는 직업과 나를 동일시하는 것뿐이었다. 좋은 직업을 가진 사람을 좋은 사람으로 생각했고, 돈을 많이 버는 직업이면 인격을 의심하지 않았다.

지금도 아이는 그림을 그린다. 그림은 여전히 아이의 가슴을 뛰게 만드는 일이다. 밤을 새우게 하고 먹는 것도 잊게 만든다. 아이는 갈 데까지 가보자는 마음도 생기고 버틸 때까지 버텨보고 싶은 절박함도 느끼는 것 같다. 언제까지나 염원하는 그것을, 아직은 확신하는 그것을, 부모인 내가 얕잡아보지 않기로 했다.

　　요즘은 그동안의 노력을 인정받는지 크고 작은 보상도 따른다. 외주 작업을 의뢰받고 대회에 나가 상금을 받기도 한다. 하지만 여전히 아이는 그럴듯한 조직에 속하지 못할까 봐 스트레스를 받는다. 친구 누가 취직을 했다는 소식이 들리면 방문을 닫고 들어가 그동안의 작업물을 뒤적거리며 포트폴리오를 점검한다. 세상에서 가장 어려운 글짓기라는 자기소개서를 새로 쓰고 이력서를 다시 작성한다. 아이는 백수로 살고 있다는 생각에 여전히 자유롭지 못한 것 같다.

　　나는 아이가 그럴듯한 명함을 내밀어야 한다는 강박을 버렸으면 좋겠다. 친구들이 주는 명함에 기가 죽고 쭈그리가 되지 않았으면 좋겠다. 무엇이 되지 않아도 괜찮고, 아무것도 하지 않아도 좋다. 아무것도 하지 않으면서 다른 누구도 아닌, 스스로 내 삶의 주인이 되는 느낌이 무엇인지 알기를 바란다. 돈이나 출세를 헐레벌떡 뒤쫓는 게 아니라, 꿈과 삶에 대해 천천히 생각하는 시간을 만들었으면 좋겠다. 어떻게 살 것인가를 생각하고 자신을 행복으로 이끄는 방법에 대해 고민하기를 바란다. 진실로 거듭 말하지만, 아침이면 억지로 눈을 뜨고 지하철에 몸을 실어야 하는 직장인으로서의 삶보다, 자유로운 창작자가 백배 천배 멋있다. 아이가 또다시 이력서를 쓰려고 책상에 앉으면 김중혁 작가의 말을 읽어줘야겠다.

재능이란 누군가의 짐짝이 될지도 모른다는 두려움과 나에 대한 배려 없이 무작정 흐르는 시간을 견디는 법을 배운 다음에 생겨나는 것 같다. 그렇게 버티다 보면 재능도 생기고 뭐라도 되겠지.

젊어서 하는 고생은
독이다

전공과 교수에게서 연락이 왔다. 딸아이를 추천해 줄 테니 취업을 해보는 것이 어떠냐는 제안이었다. 아이의 꿈은 자유로운 창작자로 살아가는 것이다. 창작자가 조직으로 들어가는 순간, 자신만의 창작은 멈추게 된다는 것을 아는 사람은 다 안다. 이런 경우 어른들이 해주는 조언은 불을 보듯 뻔하다. 경력을 쌓는다는 의미에서 직장인으로서의 삶은 해볼 만하다는 것이다.

특히 지금처럼 경제가 어렵고 청년 실업이 심각한 상황에서는 기회를 얻기란 하늘의 별 따기처럼 어려운 일이라면서 좋은 기회라고 은근히 등을 떠민다. 나는 그런 사람들의 의견에 반대한다. 하지만 내 딸에게 조언할 때는 항상 강요로 비치지 않게 조심해야 한다.
지나치지 않는 선에서 내 의견을 말해주고 아이의 최종
선택을 기다렸다. 무엇을 선택하든지 그건 아이의
선택이고 딸의 인생이다.

　　나는 젊어서 참 고생을 많이 했다고 자신 있게 말할
수 있다. 내가 사서 한 고생도 많았고, 어쩔 수 없이
상황에 끌려다니며 고생도 했다. 그래서 나는 아이가
고생길에 뛰어드는 것을 반대한다. 젊음을 담보로 했던
고생이 내 인생에 그다지 도움이 되지 못했다는 사실을
꼭 말하고 싶다. 젊어서 했던 고생은 나도 모르게
고생한 만큼의 대가만을 생각하게 했다. 대가를 바라는
마음은 고생이 커질수록, 고생에 할애하는 시간이
많아질수록 같이 커지기만 했다. 원하는 만큼의 대가가
아닐 때는 잔머리를 쓰고 나보다 고생이 덜한 사람을
보면 그 사람을 미워했다. 아무리 고생을 해도 크게
달라지지 않는 인생을 생각하면 자꾸만 우울해졌다.
그런 고생을 왜 자꾸 아이들에게 대물림하려는지
솔직히 이해할 수가 없다. 고생을 사서 하지 않는다고
망한 인생이 되는가. 고생과 열정은 엄연히 다르다.

하지만 고생을 하는 사람만이 열정을 가졌다는 억지를 부린다.

내가 디자인을 전공하고 첫 직장에 다니던 시절을 잊을 수가 없다. 나는 그때 지금으로 말하면 열정페이를 받았다. 학교에서 배운 것으로는 부족하다는 이유를 붙이고는 젊은이들의 노동력을 아무렇지도 않게 가로채던 시절이었다. 열정페이는 지금도 곳곳에 남아 있다. 특히 창작 분야나 숙련된 기술이 필요한 분야에서는 아직도 당연하게 여기는 사람들이 많다. 딸에게 내 손으로 그 문을 열어주고 싶은 마음은 절대 없다.

돈이 중요하지 않은 사람이 어디 있을까. 돈을 싫어하는 사람도 없다. 그렇다고 좋아하면 모든 걸 감수해야 하는가. 무소의 뿔처럼 혼자서 용감하게 뛰어들어야 하는가. 부당한 차별과 이상한 어른들의 언어폭력을 무시하면서 견뎌야 하는가. 인생이란 원래 이런 거라고 적당히 포기하고 순응하는 삶을 사는 건 절대로 원하지 않는다. 안타깝게도 그런 곳에서 고통을 견디며 키워지는 것은 어른들이 바라는 인내심이

아니다. 세상을 향한 증오뿐이다. 그것도 아니면 나는
이렇게 당했으니까 너도 한번 당해봐야 공평하다는
생각만을 하게 된다. 그런 고난을 견디면 정말 새로운
인생이 눈앞에 펼쳐질까. 나는 못나서 그런지 몸만
축나고 잔꾀만 늘었고 순수만 잃어버렸다. 내가 젊어서
했던 그런 고생을 딸한테 시킬 수가 없다.

　사람들은 거대한 조직의 일원이 되기를 염원한다.
반대로 아이의 창작은 거대한 조직 안에서 죽음을
맞이한다. 세상의 아름다움과 인생의 찬란함을 그림에
담기에도 시간이 모자라다. 굳이 어두운 그림자 뒤에서
고통의 시간을 보내고 고통을 그림으로 승화시킬
이유가 있을까. 안 그래도 우울한 아이에게 조직 생활은
오히려 독이 될 뿐이다. 하지만 어디에서나 반대 세력은
있는 법. 천편일률적인 삶 속에 일원이 되어야만
안심하는 사람들의 말에 피로가 극에 달한다.
　당장 돈이 되는 일을 하지 않으면 큰일 날지도
모른다고 으름장을 놓는 사람들, 마치 내 일이라도
되는 것처럼 같이 고민해 주는 척하지만 결국 자신의
틀을 강요하는 사람들과 매일 전쟁을 치르는 기분이다.

하지만 그들도 새벽 출근을 저주하고, 직장 상사를 미워하고, 마음속으로 매일 같이 사표를 쓴다.

세상에 존재하지도 않은 정답을 남에게 강요하는 사람들을 있는 힘껏 거부한다. 지금은 과감하게 돈과 시간을 투자하기로 했다. 딸아이가 잊고 있는 것이 무엇인지 생각하고 자신의 인생 전체를 새로운 그림으로 장식했으면 좋겠다.

마음껏 여행해도 좋고, 아무것도 하지 않는 무료한 시간도 좋다. 하지만 이건 어디까지나 내 생각이다. 아이의 발걸음이 향하는 곳을 그저 조용히 바라볼 생각이다.

가을 풍경의
미세한 변화

오늘의 기분 ┃ 맑음 ☀

가을이 빛을 발하는 순간은 자연스러운 햇빛과
사물이 만나는 지점을 발견할 때다. 햇빛이 풍경에
닿을 때 반사되는 색과 또렷한 그림자를 바라볼 때면
3초도 안 되는 그 짧은 순간, 천국에 온 것 같은 착각이
든다. 그 옆에 아이가 와서 가만히 서 있으면 풍경은
아름다운 그림으로 변한다. 마치 섬세한 디테일 하나가
삶의 풍경 전체보다 더 큰 힘을 발휘하는 것처럼 아이는
가을이라는 그림에서 가장 중요한 부분을 장식하고
있다.

최근에는 오래 간직하고 싶은 것들을 일상의

순간에서 자주 발견한다. 별것 아닌 사소한 순간이지만 그동안 줄곧 놓쳤던 것들이다. 덜컹대는 지하철에 나란히 앉아 반짝이며 스쳐 지나가는 한강의 잔물결을 무심히 바라보는 순간, 창으로 쏟아지는 햇빛에 눈이 부셔 한쪽 눈을 찡그리는 순간이나, 성큼성큼 앞장서 걷는 딸에게 속도를 맞추느라 종종거리며 걷는 순간, 주문한 카레를 보며 꼴깍 침이 넘어가는 순간, 모두 찰나처럼 지나가지만 멈춰 있다고 착각하는 순간들이다.

사소한 것 중에 진짜 사소한 것은 하나도 없다. 요즘처럼 모든 순간이 다 소중하다고 느낀 적이 별로 없다. 모두가 단 하나뿐인 순간이면서 하나같이 새삼스럽기만 하다.

우리는 각자 잉여의 시간을 보내는 기술을 익히는 중이다. 그 시간 동안 나는 나와 만나고 아이는 자신과 만나고 있다. 흩어졌던 것들이 자연스럽게 제자리를 찾아간다. 그전에는 없던 에너지가 우리를 감싼다. 우리는 오랫동안 불안정했지만, 최선을 다했다. 끝이 없을 것 같은 어두운 터널을 더듬거리며 참 열심히 걸었다.

굳이 욕심부리지 않아도, 숨을 헐떡거리며 뛰지 않아도, 우리의 인생에 다시 축제가 열리지 않더라도 모든 순간을 행복하게 여길 줄 아는 사람으로 다시 태어났다. 그저 하루하루가 과분하다.

위로의 식탁

우리는 오랫동안 마음을 다쳤다. 이제는 누가 누구를 다치게 했는가를 따져 묻는 일은 그만두기로 했다. 지금은 마음이 쉬어야 할 때다. 우리 마음속 빈 곳은 자연스럽게 무언가로 채워질 것이다. 그날을 목 빠지게 기다릴 필요도 없다. 이미 너와 내 안에는 모든 것이 충만하다. 가능하면 시간이 멈춘 것같이 천천히 살자. 그런데도 마음이 쉬어지지 않으면 최대한 정성을 들여서 요리하자.

어릴 때는 엄마가 진짜 나를 사랑할까? 의구심이 들었다. 엄마는 늘 아빠의 부재를 견디지 못하셨고,

그런 현실을 받아들이지 않으셨다. 언제나 다른 세상을 꿈꾸는 눈으로 먼 곳을 응시하고는 하셨다. 그럴 때면 나는 항상 엄마의 사랑을 의심할 수밖에 없었다. 어른이 되면서 겸허해진 마음으로 바라보니 엄마의 자식 사랑에 모자람이 없었다는 것을 깨달았다. 그때는 사랑인지 몰랐던 것들은 항상 돌이켜보면 사랑인 경우가 많은 법이다. 그래서 불효자는 맨날 울게 되는 것이다. 어쨌든 나의 이 유치한 의구심이 한순간에 사라지는 건 언제나 엄마가 차려놓은 식탁 앞에 앉을 때였다.

아침이면 주방에서 음식을 만드는 소리를 들으며 잠이 깬다. 달그락달그락 그릇이 부딪치는 소리와 나무 도마에서 채소를 써는 소리를 듣는다. 일어나기 싫어서 몸을 배배 꼬면 보글보글 국물이 끓는 소리가 들리고 본격적으로 음식 냄새가 나기 시작한다. 잠옷 바람으로 슬슬 몸을 일으켜 눈곱도 떼지 않은 채 식탁에 앉으며 생각한다. '아, 우리 엄마가 나를 사랑하는구나' 또 한 번 엄마의 사랑을 믿으리라 다짐하고는 했었다.

나도 아이를 위해 매일 밥상을 차린다. 오늘은

갈치조림이다. 가장 달아 보이는 무를 고르고 두툼한 제주 갈치를 한 마리 산다. 매운 음식을 즐기는 아이를 위해 청양고추도 한 봉지 담았다. 무거워진 장바구니를 어깨에 둘러메고 기분 좋게 걷는다. 떡집 아저씨에게도 눈인사하고 싶고, 과일 장사 아저씨에게도 괜스레 말을 걸고 싶다. 장바구니 대신 비닐봉지를 들고 앞서가는 아주머니를 불러 세우고 싶다.

"아주머니, 요즘 뭐 해 드세요?"
사실 이 평범한 말은 '댁은 평안하신가요?'와 같은 말이 아닐까?

별일 없는 삶이란 정성스럽게 식탁을 차려 밥을 먹는 것과 같다. 집안에 우환이 생기면 가장 먼저 부엌이 조용해지고 반대로 집안에 경사가 생기면 부엌이 가장 시끄러운 공간이 된다.

요즘 나는 혼자 수다쟁이가 된다.

이것 보세요. 여러분들, 나는 이제 우울하지 않아요.

내 딸도 이제 괜찮아졌답니다.

　당신들처럼 평범하게 살고 있어요. 매일 식구들이 먹을 저녁 반찬을 고민하고, 사골을 끓이다가 깜빡 잠이 들기도 한답니다. 냄비 바닥을 새까맣게 태우고는 비싼 냄비를 파는 홈쇼핑을 열심히 들여다본다고요. 이만하면 살 만한 인생 아닌가요?

꿈을 꿉니다

매일 오후 딸아이의 꿈 이야기를 듣는다.

아이의 꿈은 신기하게 하루도 빠짐없이 연속해서 상영된다. 꿈의 내용은 대부분 허무맹랑하다. 현실에서 일어나지 않는 일이 수두룩하게 일어난다. 때로는 몸서리치게 징그럽고 듣기만 해도 기가 빨린다. 프로이트에게 꿈 분석을 의뢰하지 않더라도, 아이의 꿈이 범상하지 않다는 걸 금방 알 수 있다.

어떤 날은 수많은 벌레의 습격을 받고 온몸을 물리거나 벌레 중 가장 우두머리로 보이는 벌레와 싸우고는 기진맥진한다. 전쟁터 한가운데서 죽는 엄마를 지켜봐야 하거나 총알을 피하다가 구사일생으로

살아난다. 손에 땀을 쥐게 하는 모험이거나 난데없이
날개를 달고 하늘을 난다. 손가락에서 레이저가 나오고
악당을 물리치고는 영웅이 되는데, 자신을 따르는
추종자는 초등학교 때 친했던 친구들이다. 이 정도면
SF급 영화라고 해도 무방해 보인다. 가끔은 눈물
없이는 볼 수 없는 슬픈 드라마를 찍기도 한다. 자면서
흐느끼거나 큰소리로 엉엉 울다가 우는 소리에 놀라
깨고는 방에서 나오면서 한마디 한다.

"엄마! 나 또 꿈꿨어. 꿈에 말이야…."

또 새로운 꿈 이야기가 이어진다.

꿈 이야기라면 나도 어디 가서 뒤지지 않는 편이다.
유달리 생생한 꿈을 꾸는 날이면, 엄마에게 해석해
달라고 졸랐다. 엄마는 해몽 백과사전을 통째로 외운
것이 아닐까 하고 의심할 만큼 빠르고 확신에 찬
해몽을 척척 내놓았다. 아기가 꿈에 나왔다고 하면 "너
어디 아프려나 보다. 몸조심하거라" 신발이 작아져서
당황하는 꿈을 꾼 날에는 "아휴. 속상한 일이 있었구나"

하면서 나를 안심시켜 주시고는 했다.

　나는 어른이 되어서도 그때처럼 여전히 꿈을 꾸느라 바쁘다. 어른이 되면 꿈도 어른다워지는지 대부분 현실과 연관성이 있는 꿈이다. 얼마 전에는 아이와 함께 정신건강의학과에 가는 꿈을 꿨다. 옷장에서 가장 화려하고 예쁜 옷을 골라 입고 아이와 나란히 의사 앞에 앉았다.

"이젠 병원에 안 오셔도 됩니다."

　꿈같은 이 이야기는 진짜 꿈속의 이야기다. 나에게 꿈이 아니었으면 하는 꿈을 꾸게 한다. 3년 동안 매일같이 생각했던 소망이라 그런지 한 달에 한 번은 재방송되는 꿈이다. 꿈이 현실이 될 날이 머지않은 것 같다. 혹시 그 꿈이 실현되는 날이 아직 멀었다고 해도 예전처럼 두려움에 빠져 있지는 않을 것이다. 현실에서는 이제 병원에 가지 않아도 된다는 것을 아이가 가장 먼저 느낄 것이다. 꿈이 말해주는 대신 아이가 말해줄 것이다.

"엄마, 이제 병원에 가지 않아도 될 것 같아."

우리는 함께 아팠고, 아팠던 만큼 성장했다. 이제는 고통을 말하는 것도, 희망을 이야기하는 것도 주저하지 않는다. 아직은 꿈꿀 권리를 포기하지 않았다.

Dream comes true!

버지니아 울프처럼
너만의 방으로

　나는 어렸을 때 나만의 방을 갖는 게 소원이었다.
어려운 살림살이에 여분으로 남은 방을 남동생에게
주고 엄마와 안방을 쓰던 시절이었다. 숨고 싶은 날,
누구와도 말하기 싫었던 날, 울고 싶은 날, 뭔가를 혼자
결정해야 하는 날에도 갈 곳이 없어서 길에서 시간을
보냈었다.

　지금과 달리 혼밥과 혼술이 드문 시절이었다. 혼자
길거리를 방황한다는 건 지극히 위험한 일이었다. 그때
혼자 보낸 시간을 돌이켜보면 참으로 값졌다. 화장실을
갈 때도 친구 손을 잡고 다니던 시절임을 생각하면
길에서의 시간은 대단한 용기가 필요한 일이었다.

친구와 함께할 때의 안도감은 없었지만, 혼자서도 즐거울 수 있다는 것을 알았다. 혼자 있음의 편안함이 무엇인지도 알게 됐다. 무엇보다 혼자 있으므로 누군가와 함께하는 것의 소중함을 알게 됐다. 그렇게 독립을 연습하는 시간을 충분히 가졌으면서도 나는 캥거루 맘이 되었다.

딸이 고등학생일 때였다. 비 오는 길에 서 있는 사람을 그리는 심리 검사에서 아이가 그린 그림은 다른 아이들과는 사뭇 달랐다. 그림 속에는 장대비가 내렸고, 길에는 한 여자가 서 있었다. 장화와 비옷을 입고도 모자라는지 커다란 우산까지 쓰고 있었다. 완전히 무장한 사람이었다. 심리상담사의 해석으로는 다른 아이들보다 훨씬 큰 불안감이 마음속에 내재되어 있다고 했다. 나쁜 일이 일어났을 때를 대비해서 철저히 준비하지 않으면 안 되는 성격이라고 말했었다. 그 말을 듣고는 아이를 잘 보호해야 하는 엄마의 역할에 대해서만 생각했다.

자식에게 집착하는 엄마, 자식의 독립을 원하지 않는 부모가 된 것이다. 자식의 일에 감 놔라 배 놔라 참견하는 것이 좋았다. 엄마가 모든 것을 다 해줄 수도 없고, 아이 인생의 중요한 결정을 다 맡아줄 수도 없으면서 그것을 하지 못할까 봐 무섭고 불안했다. 혹시 내가 모르는 사이에 이상한 결정을 하고 놀라 뒷걸음질 칠까 봐 걱정했다. 아이에게 평생 그런 엄마가 되어주려면 나는 영원히 살아야 하고 불로초라도 구해 먹어야 하는데도 말이다.

많이 늦었지만, 이제는 아이가 버지니아 울프처럼 자신의 방을 가져야 한다고 생각한다. 이렇게 계속 살다가는 자신을 믿지 못하고 혼자만의 시간을 견디지 못하는 나약한 사람이 될 수도 있다고 생각하게 된 것이다.

아이에게도 혼자 고민하고 혼자 결정하는 연습의 시간이 필요하다. 누구의 판단과 말에도 휘둘리지 않는 단단한 마음을 만들어야 한다. 혼자 실수도 하고 고민도 하면서 점점 담대한 사람이 되었으면 좋겠다.

"엄마! 내가 독립을 한다면 엄마는 어떨 것 같아?"

얼마 전에 딸이 내게 물었다. 딸은 이미 자기만의
방을 꿈꾸고 있었다.

홀로 내버려 두면 해방감부터 들 것이다. 하지만
해방감이 지나가고 나면 적막함과 동시에 두려움이 올
수도 있다. 자기만의 방에서 아무도 없이 혼자가 되었을
때 진정 강해지는 자신을 발견하게 될 거라고 믿는다.
홀로 있어도 기쁘고 즐거운 곳, 홀로 울고 나면 다시
씩씩하게 살아갈 힘을 얻는 곳. 딸에게 자신의 세계를
창조해 내는 자기만의 방이 생기기를 진심으로 바란다.
하지만 자신의 방만 생긴다고 저절로 독립할 수는
없다는 점도 알았으면 좋겠다.

독립심만 강한 자칫 고집 센 사람이 되지 말고
정서적으로는 부드럽고 사고는 유연한 사람, 혼자서도
삶을 즐길 줄 알고 여러 사람 속에 있어도 충분히
즐거운 사람이 된다면 그때 비로소 진정한 독립의 길로
접어든 것이라고 생각한다.

여자가 진정한 독립을 하려면 꼭 필요하다는
자기만의 방.

암, 필요하지. 두말하면 잔소리지.

다시 시작하는 마음

오늘의 기분 | 맑음 ☀

　열정적인 삶이 가장 좋은 삶인 줄 알았다. 삶을 위해서라면 활활 타는 불덩이 속에 나를 던질 각오를 하면서 살았다. 열정을 향한 뜨거운 의지야말로 진실로 자기 삶을 사랑하는 사람의 태도라고 생각했다. 일이 잘되는 이유는 열정을 쏟아부은 덕이고, 일이 안 되는 건 열정이 부족해서라고 여겼다. 언제나 열정 과다 상태였다.

　열정만 존재했던 삶은 시간이 지나면서 조금씩 문제가 생기기 시작했다. 열정을 불태우고 남는 허망함을 미리 생각하지 못했던 것이다. 도대체 뭐 하러 이토록 열정을 불태우지 못해서 안달했지? 어쩌다가 오직 열정 하나 때문에 자신의 자아마저 외롭게 했는지 그 이유를 알 수가 없었다.

그렇게 사는 동안 아이에게는 냉정한 엄마가 되어 있었다. 남들에게는 차가운 인상인 사람으로만 각인되었을 뿐인데. 열정 과다 상태를 칭찬하고 배우려는 사람들이 주변에 모여들었다. 사람이 자기 주변으로 모일 때는 각별히 언행을 조심해야 함을 그때는 몰랐었다. 열정이 많아서 천만다행이라고만 생각했다. 그것은 결과적으로는 나에게 불행을 안겨주었다.

다행히도 인간에게는 냉탕과 온탕을 오가고 싶어 하는 본능이 있다. 뜨거운 걸 먹다 보면 차가운 것이 당기는 것처럼 열이 펄펄 끓으니 차가워지지 않고는 도저히 살 수가 없는 것이다. 이제 그만 식혀야 한다고 경고등이 켜진 것처럼 인생 여기저기가 삐걱거렸다.

처음부터 지금과 같은 마음은 아니었다. 단념과 포기의 감정이 컸었다. 이왕지사 이렇게 된 거 어쩌겠냐. 아이처럼 두 다리 뻗고 울며불며 떼를 쓸 수도 없다. 엎어진 김에 쉬어간다고, 일단은 여기서

모든 것을 멈추고 조금 쉬면서 시간을 벌어야 한다는
생각이 들었다. 그러다 보면 무슨 방법이 생기겠지.

마음과 시간의 여유가 생기면서 뜨거웠던 삶의
온도가 조금씩 미지근해졌다. 균형이 맞지 않아
뒤죽박죽된 것들이 놀랍게도 제자리를 찾아갔다. 이건
생각지도 않은 결과였다.

예전에는 정석만을 고집하면서 자신을 못살게
굴었다. 뭐든지 제대로, 정식으로만 하겠다고 고집을
부렸다. 트릭 같은 건 아예 몰랐다. 적당히, 스리슬쩍,
구렁이 담 넘어가듯 같은 건 있을 수도 없는 그야말로
바늘 하나 들어갈 구멍도 없는 빡빡하고 촘촘한
인간이었다.

나는 요즘 하루하루 노는 데 정신이 팔렸다. 아주
최선을 다해 논다. 다시는 휴일이 없을 것처럼 있는
힘껏 쉰다. 모든 순간이 정지된 것처럼 아무것도 하지
않고 시간을 보낸다. 내가 신경 써서 하는 일이라고는
먹기 위해 하는 수고와 질 좋은 잠을 자기 위해 쾌적한
수면 환경을 조성하는 것뿐이다. 생오이를 얇게 썰어
소금에 절여놓는다. 식빵 겉면을 바싹하게 구운 뒤

마요네즈와 머스터드 소스를 섞어 바른다. 절인 오이와 햄, 치즈를 올린다. 빵 칼을 꺼내 천천히 모양도 좋게 썬다. 샌드위치는 간편식이지만 나는 최대한 집중해서 정성을 들여 만든다. 맛의 완성도를 최대한 끌어올릴 방법을 모색한다. 마치 처음부터 무의미해 보이는 것들에 의미를 부여하는 이런 삶을 원했던 것처럼, 무의미한 것들을 최대한 사랑하며 살고 있다.

그랬더니 재작년보다 작년이, 작년보다는 올해가 훨씬 살만해졌다. 일상이 행복이라는 감정으로 채워질 거라는 믿음이 없던 시절을 떠올리면 행복으로 느껴지는 지금의 포만감이 참으로 놀랍다. 행복해진 비결이 무엇인지 물어보는 사람들에게 해줄 말을 찾아보았지만 아직 뚜렷한 답을 찾지 못했다. 경제활동을 완전히 그만둔 오십이 넘은 여자의 주머니가 갑자기 채워질 리는 없다. 돈 때문은 아니고, 남편도 여전하니 남편 때문도 아니다. 아이도 여전히 우울증 약을 먹으며 우울과 동행 중이니 아이 때문도 아니다. 하지만 이상하게도 체감되는 행복지수는 하늘 높은 줄 모르고 올라갔다.

달라진 것이 있다면 딱 하나. 모든 욕심을 내려놓고

마음과 머리를 텅 비워버렸다는 거다. 심지어 집을 채웠던 물건까지 버리고 비울 수 있는 것들은 다 비웠다. 비워진 공간에는 저절로 감사가 채워졌다.

　나는 고독한 산책자가 되기로 마음먹었다. 내면이 하는 이야기를 듣고 내면이 시키는 대로 살기로 한 것이다. 쓸데없는 데 기운을 소진하거나 지나치게 집중해야 하는 일은 하지 않는다. 삶에 힘을 빼고 최대한 긴장을 늦춘다. 차를 많이 마시고 책을 읽는다. 중심으로 들어가지 않고 표면에 머물며 사는 삶이다. 아이는 여전하지만 삶은 나에게 조금 더 다정해졌다.

시시콜콜 살자

오늘의 기분 | 맑음 ☀

　크리스마스 분위기에 취한 사람들과 크리스마스 카드가 진열된 곳을 피해 다음 해의 다이어리를 사고는 했다. 다이어리값은 언제나 중요하지 않았다. 1년 동안 들고 다녀도 금방 해지지 않을 견고한 표지와 아직 구체적으로 세워놓지 않은 계획을 도와줄 속지와 종이의 질, 조금 더 성숙해 보일 디자인 등등. 이렇게 조건을 고려해서 고르는 일은, 앞으로 대단한 1년을 보내게 될지도 모른다는 기대를 하게 했다. 3분의 2는 여전히 여백으로 남아 있는 금년 다이어리는 이미 버린 지 오래다.

　새로 산 다이어리에 적힐 내용은 구체적인 것보다는

뜬구름을 잡는 허무맹랑한 것들뿐이다. 어떤 해에는 3월이 다 지나가기도 전에 다이어리의 존재를 잊어버린 적도 있었다. 제대로 시작해 보기 전에 내년만큼은 잘 보내야 한다는 두려움이 앞선다. 실천하는 것보다 다이어리를 앞에 놓고 고민하는 시간이 더 길었었다. 패기 넘치던 나와 끝나기도 전에 이미 시들해진 나는 너무나 다른 사람이라 당혹감을 지나 죄책감에 도달했다.

새해를 맞이하는 구닥다리 방식을 집어치운 건 불과 얼마 전이다. 인생이 계획대로 되는 것도 아닌데 왜 계획을 그토록 열심히 세웠는지. 일기를 쓰고 싶은 거라면 굳이 비싼 다이어리는 필요 없다. 나는 매년 잘살아 보려고 했지만, 계획대로 되지 않았다. 잘사는 건 비싸고 예쁜 다이어리에 거창한 계획을 세우는 것이 아니라는 사실을 얼마 전에 깨달았다. 잘살아야 한다는 뼛속까지 깊이 박힌 강박을 인정해 버리고 나니까 마음이 편해졌다. 인정받지 못해도 좋다. 돈을 벌지 못해도 좋다. 누가 뭐라 해도 내 마음이 원하는 곳을 향해 천천히 걷기로 했다.

행복을 쌓아두고 살 수 있다면 얼마나 좋을까. 이상하게도 오늘따라 넘치는 행복을 아껴서 불행할지도 모를 내일을 위해 저축할 수 있으면 좋으련만. 행복은 당일 생산 당일 소비가 원칙이다.

다음 날이면 행복을 다시 만들어야 한다. 마음만 먹으면 다시 원하는 만큼 만들 수 있으니 그것은 우리에게 행운이다. 게다가 행복은 누구에게나 공평하다. 남들과 행복 소유권을 가지고 논쟁을 할 필요도 없다. 간혹 '왜 나만 행복하지 않지?'라는 생각이 든다면 잘 생각해 보기를 바란다. 그 이유는 대부분 스스로 행복의 기준을 이랬다저랬다 바꾸기 때문일 테니까. 그건 자기 책임이다.

아이가 취직만 하면 행복할 것 같고, 취직한 회사에서 진급만 하면 행복할 것 같다. 그렇게 행복을 꿈꾸지만, 행복은 이미 저 멀리 달아나고 없다. 자식이 공부를 잘하면 소원이 없겠다고 했다가, 아이가 아프기라도 하면 성적은 아무래도 좋으니까 건강하게만 해달라고 빈다. 그때그때 바뀌는 소망을 들어주려면 하나님도 부처님도 지긋지긋한 인간이라고 "너 이번에 한 번 혼나 볼래?" 하면서 벼르고 있을 것 같다.

나는 요즘 남들이 가장 어려워하는 일을 한다.
매일매일 그 자리에 우두커니 서 있는 것이다.
막살겠다는 뜻이 아니라 가볍게 살겠다는 뜻이다.
채우고 싶은 것들에 집중하느라 소중한 시간을
낭비하지 않는다. 바꿀 수 없는 것을 기를 쓰고
바꾸려고 하지 않는다.

장래를 멋지게 살아보겠다는 생각으로 현재의
시간을 갉아먹지 않는다. 이대로 괜찮은지 의문이
들 때도, 마음이 붙잡기에는 너무 멀리 가 있을 때도
움직이지 않고 그 자리에 있기로 했다.

어제는 교토행 비행기표를 예약하느라 제야의
종소리를 듣는 둥 마는 둥 했다. 새해가 시작되면
아이는 교토로 가서 아무것도 하지 않는 심심한 여행을
한다. 아무런 계획을 세우지 않고 떠난다. 새벽이면
자리를 잡기 위해 도서관에 가는 일보다 가치 있는 일이
세상에 많다는 것을 스스로 깨닫고 오는 여행이다.
삶을 즐기며 살아도 나쁜 일이 벌어지지 않는다는 것을
확인하는 여행이자, 교토의 좁은 골목들을 하릴없이
배회하는 베짱이의 여행이다.

나는 도대체 무엇을 잘하는 사람인가. 앞으로 무엇을
하면서 밥을 먹고 살 것인가를 생각하다가 머리를
쥐어뜯고 밤을 새웠던 기억은 모조리 잊어버린다.
목적지 없이 뚜벅뚜벅 걷다가 생각지도 않은 아름다운
풍경을 만나고 오는 그런 여행이다.

　평온해 보이는 것들을 하나하나 생각해 본다. 소란한
곳에서 가만히 책에 몰두하는 사람, 오랫동안 창밖을
응시하는 고양이, 인적이 드문 산책길을 홀로 걷는
사람처럼 평온한 일상을 시시콜콜 살고 싶다. 평소에는
없는 듯하나 자세히 보면 어딘가에서 조용히 빛나는
사람으로, 소리 내지 않고 유유히 흐르며 살고 싶다.
언제까지나 그렇게 살고 싶다.

오늘도 되는대로
살아갑니다

오래전부터 고결한 삶을 살고 싶었습니다. 고결한
삶에 대한 욕망은 고결하지 못한 삶의 한가운데 서
있는 것이 어떤 기분인지 너무나 잘 알기 때문인지도
모릅니다. 내 삶은 망했지만, 아이만큼은 고결한
삶을 살기를 바라는 엄마의 간절하면서도 세속적인
마음이었다고 하겠습니다.

한번 불이 붙어버린 욕망은 좀처럼 진정되지 않고
무서운 기세로 뻗어 나가더니, 매일매일을 버티게 하는
에너지인 척 위장했습니다. 나는 욕망의 가짜 얼굴에
오랫동안 속아왔습니다.

사람들은 세상에 홀로 던져진 것 같은 느낌이 든다는
말을 자주 합니다. 실제로 이 거대한 세상에 아이와 나

단둘이 남겨지고 난 뒤 사람들이 했던 그 말이 지나치게 가벼웠다는 사실을 알게 됐습니다. 평소에는 믿지도 않는 하나님에게 잊혔다는 생각에 사로잡혔으니까요.

완전히 홀로 남겨진 나와 딸에게 달라붙어 좀처럼 떨어지지 않는 불안과 우울을 관찰하기 시작했습니다. 마치 월요일만 계속될 것 같은 날들이었습니다.

매일 다른 의문과 수많은 질문이 생기고 쌓여갔지만, 어디에도 물어볼 곳이 없었습니다. 말을 한다 해도 공허한 답만 되돌아왔습니다. 각자 방에서 소리 죽여 울던 밤이 지나가도 우리의 아침은 멀기만 했습니다.

그 많던 불면의 밤에 위로가 되어준 건, 나보다 먼저 우울과 불안을 꺼내 말해준 문장과 책 들이었습니다. 깊고 어두운 책의 그림자 뒤에서 그날 내게 할당된 고통을 덜어내며 숨을 고를 때 만났던 문장이 위로됐습니다. 지금 생각해도 그보다 다행한 일은 없습니다.

두 번은 없다.
지금도 그렇고
앞으로도 그럴 것이다.

그러므로 우리는 아무런 연습 없이 태어나서 아무런 훈련 없이 죽는다.

힘겨운 나날들.
무엇 때문에 너는 쓸데없는 불안으로 두려워하는가.
너는 존재한다. 그러므로 사라질 것이다.
너는 사라진다. 그러므로 아름답다.

− 비스와바 쉼보르스카

아무런 연습도 없이 태어나 훈련도 다 끝내지 못한 채 죽는 인생이 뭐 대수라고 울고불고 그 난리였을까요. 희망을 말해주는 문장에 밑줄 쫙 긋고 별표 한두 개 그리면서 살아가면 될 것을. 불안과 우울 그까짓 게 뭐라고 고통의 날들을 숙명처럼 받아들이며 살고 있었을까요.

이제 더는 의미를 찾지 않기로 했습니다. 의미를 찾지 않을 때 진짜 의미 있는 삶이 살아질 거라는 믿음이 내 안에서 조금씩 자랐습니다. 고난과 고통이 없어지기를 바라지 않습니다. 그런 것들이 가까이 존재한다고 해도 예전과 같이 바람 앞에 서 있는 찢어진

깃발처럼 무방비로 흔들리지는 않으려고 합니다.

우울함에 사로잡힌 나와 아이에게 사람들은 묻습니다. 무엇이 당신들을 그렇게 무겁게 짓누르냐고. 그러면 우리는 여전히 모른다고, 도무지 설명할 수가 없다고 대답합니다.

아이는 지금도 아침저녁으로 약을 먹고 우울과 동행 중입니다. 하지만 이제는 예전처럼 절망과 손을 잡고 있지는 않습니다. 우울은 가까이 있지만 소소한 행복을 느끼고, 소소한 걱정을 안고 살아갑니다. 함께 먹을 저녁 메뉴를 궁리합니다. 휴일인지 모르고 찾아간 디저트 맛집의 유리문에 붙은 정기휴일 네 글자에 크게 실망하는 시시콜콜한 날들을 살아갑니다.

더할 나위 없이 참 좋은 날들입니다.

나이가 들어도 철들지 못하고 기름처럼 둥둥 떠 있던 때가 있었습니다. 그때 먼저 다가와 손을 내밀어 주고, 글을 쓴다고 힘든 척을 할 때마다 잘할 수 있다고 용기를 준 친구 베이향에게 고마움을 전합니다.

난데없는 고백서를 쓴다고 머리를 쥐어짜는 모습을 보다 못해 끊임없이 드립 커피를 내려준 남편에게도

감사를 전합니다. 글 같지도 않은 글을 한 권으로
묶어주신 이담북스 출판사의 모든 분들께도 감사
인사를 전하고 싶습니다.

  무엇보다 일상에 숨어서 조용하게 반짝이는 것들을
발견하게 해 준 딸에게 고마움을 전합니다.

2020년 3월
잠든 고양이 옆에서

엄마,
나 이제 약은 안 먹어도 돼

2020.07 오늘의 날씨 | 맑음 ☀

아이의 방문은 여전히 닫혀있다. 다행스러운 것은 닫힌 문을 보는 일보다 활짝 열려있어서 방안을 볼 수 있는 날이 더 많아졌다는 점이다. 그러나 나는 열린 방안을 무심히 보는 그 기쁨마저도 누군가에게 빼앗길까 봐 기쁨의 환호는 속으로 삼킨다. 요즘은 부쩍 누군가와 두런두런 이야기하는 딸의 목소리가 들린다. 그 목소리는 노래하듯 오르락내리락한다. 작은 웃음이 터졌다가, 또 잠깐 설득하는 듯 간곡하고 진지하게도 들린다. 나는 여전히 누군가가 거친 손으로 무심히 깎아놓은 목각인형처럼 우두커니 있다. 예전의 '우두커니'는 망연자실에 가까웠다면, 지금의

'우두커니'는 딸아이에게 어떤 변화가 감지된다고
하더라도 요동치지 않는 완전한 평정심이다.

그러다 벌컥 방문이 열린다.

엄마 나 배고파!

몇 가지 밑반찬을 꺼낸다. 냉동실에 얼려뒀던
소고기를 꺼내 참기름에 달달 볶고 물을 붓는다.
가장 좋아하는 미역국을 떠먹다가 어느 정도 허기가
가셨는지 숟가락을 내려놓고 가만히 나를 본다.

"엄마, 나 이제 약은 안 먹어도 돼."

완전한 평정심은 어디로 가고 가슴이 철렁
내려앉는다. 왜. 무슨 이유라도 있어? 놀라지 않아도
된다는 듯 아이는 빠르게 대답한다.

"왜는 왜야. 약을 안 먹어도 잘 자고 잘 먹고 우울함이
심하지 않으니까. 사실 엄마에게 말하지 않았는데 약을
끊은 지 2주쯤 됐어. 혹시 어떤 변화가 생기면 엄마에게

꼭 말할게. 하지만 그럴 일은 없을 것 같아."

눈물이 설거지통으로 뚝뚝 떨어진다. 아무 일도
아니다. 그저 우울증을 앓았었고 이제는 좋아지고 있을
뿐이다. 이건 이렇게 입술을 깨물면서까지 울 일이
아니라고 나를 타일렀다. 지금까지 내 새끼를 괴롭혔던
건 내 호들갑이다. 아이가 감기에 걸리면 태어난
이후 계속 감기에 걸려있는 것처럼 행동했고, 넘어져
무릎에서 피가 나면 태어난 이래 계속해서 피를 흘리는
아이를 바라보는 엄마처럼 굴었다.

이제 나는 나와 딸에게 주어진 상황을 인과관계로
파악하지 않는다. 뭔가를 설명해야 할 때도 시간의
흐름에 따르지 않는다. 아집을 버린다. 아집을
버리겠다고 결심한 나를 아예 없앤다. 아이의 우울은
딸애 자신의 문제이기도 했지만, 그 애와 별개로 내
문제이기도 했으니까. 사람들이 어느 날, "당신 고집이
많이 사라진 것 같네?" 하고 말한다면 "내가? 아직
멀었지!" 하고 대답해야지. 그제서야 아집의 뒷모습을
볼 수 있을 테니.

쉼터

2023.09 오늘의 날씨 ｜ 맑음 ☀

    요즘 나는 종이를 접듯 마음을 수시로 접는다. 어느 날은 딸애의 집에 가고 싶은 마음을 접는다. 밖에서 만나 맛있는 걸 먹자는 데이트 신청도 접는다. 그 마음이 잘 접히지 않으면 내 나이 스물일곱 살 때를 생각한다. 그 시절의 나도 밖에서 엄마랑 노닥거리지 않았다는 사실이 떠오른다. 그러면 잘 접히지 않던 마음이 접히는 것도 모자라 아주 잘려버린다. 오늘은 그 애의 냉장고를 들여다보고 무엇이 없는지 알아차린 뒤 채워주고 싶은 마음을 접었다. 뭘 먹든 내 알 바 아니라는 말을 열 개쯤 복제해 놓고 맛있는 반찬을 먹을 때마다 하나씩 머릿속에 집어넣는다. 내가 알 바야?

(아이가 잘하는 말) 내 알 바냐고!

    아무리 그래도 가장 좋은 걸 주고 싶고 가장 맛있는 걸 먹이고 싶은 엄마의 마음은 늘 나부댄다. 그러다가 그런 생각에 빠져 있는 나를 없애는데 가장 좋은 방법을 터득했다. 자기 의사가 없는 사람이 되는 것이다. 계획도 별로 없고 예측 같은 건 아예 하지 않는 사람이 되는 것이다. 그러면 쓸데없는 근심이 사라진다. 그리고 가장 한심한 짓, 머릿속에서 나를 없애고 자식을 없앤 나에 대해 자화자찬하지 않는다. 얼마나 잘하고 있는지 점검도 안 하려고 한다. 지난 2년 이렇게 살면서 깨달은 게 있다. 나만 잘하면 된다는 거. 아이는 저 혼자 잘한다. 아니, 오히려 혼자 있을 때 잘하는 아이였다. 나의 계획과 잘못된 예측과 그로 인한 근심이 문제였을 뿐이다.

    얼마 전 딸에게 물었다. "너는 언제가 가장 힘들었어?" 딸은 조금 주저하더니 입을 열었다. "엄마는 매일 아침 새로 만들어지는 사람 같았어. 아침의 엄마와 저녁의 엄마는 너무 달랐거든. 엄마의 지나친 의욕과

낙담을 보면 내가 엄마보다 먼저 지치는 느낌이었어.
이상하게 도망가고 싶었었지"

처음에 나는 아이와 같은 트랙을 달리는 중이었다.
그러다 불현듯 정신을 차려보니 아무도 없는 곳을 홀로
달리고 있었다. 같이 달리던 아이는 다른 트랙으로
건너갔다. 그 트랙은 내가 달리는 트랙과 길이도
다르고, 발에 닿는 감각도 다르고, 어디로 향하는지도
다를 것이다. 딸애는 제법 잘 달린다. 자기 트랙을
달리는 아이의 뒷모습을 보며 조용히 웃어주는 게 내가
할 수 있는 유일한 일이다. 비싼 수업료를 내고 나는
그거 하나를 배운 것이다. 아이가 우울증을 극복했다고,
그 이야기를 쓴 책 한 권이 세상에 나왔다고 하루아침에
똑똑한 사람이 될 수는 없다. 살다 보면 소중한 존재와
멀어지는 일은 자연스러운 일이다. 이제 나는 아이에게
쉼터로만 존재할 뿐이다.

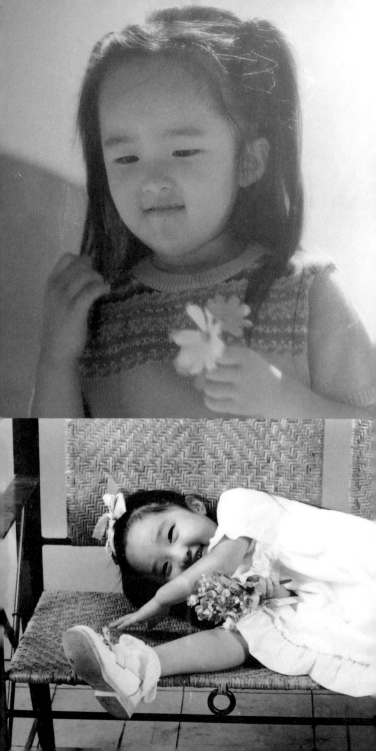

오늘도 나는 너의 눈치를 살핀다

초판 1쇄 발행   2020년 05월 01일
개정판 1쇄 발행 2024년 04월 30일

지은이 김설
발행인 채종준

출판총괄 박능원
책임편집 조지원
디자인 홍은표
마케팅 전예리 · 조희진 · 안영은
전자책 정담자리
국제업무 채보라

브랜드 타래
주소 경기도 파주시 회동길 230 (문발동)
투고문의 ksibook13@kstudy.com

발행처 한국학술정보(주)
출판신고 2003년 9월 25일 제406-2003-000012호
인쇄 북토리

ISBN 979 - 11 - 7217 - 172 - 8   03810

타래는 가족 갈등에 관한 도서를 출간하는 한국학술정보(주)의 출판 브랜드입니다.
타래란 '엉킨 타래를 푼다'는 의미로, 얽히고설킨 실타래를 풀어
진정한 가족의 의미를 찾아 나간다는 뜻을 담고 있습니다.
'가족 갈등'이라는 매듭에 묶여 길을 잃지 않도록, 더 아름답고 가치 있는 책을 만들고자 합니다.